NOTICE HISTORIQUE

SUR

LOUIS XVIII.

LOUIS XVIII.

Fac-simile
de l'écriture du roi Louis XVIII.

Texte.

6. Nous chargeons nos Députés de faire prescrire le retour périodique des États-Généraux, ainsi que l'époque, forme de convocation, composition et tenue; observant en général qu'il est avantageux qu'ils ne soyent pas trop éloignés, et qu'il semble convenir aux circonstances que la prochaine époque soit très rapprochée.

Réflexions.

6. Cet article est si important, qu'il exige d'être traité avec plus de méthode qu'aucun autre. J'y distinguerai le fonds de la forme et d'abord sur le premier point, je regrette qu'on n'ait pas imprimé avec le procès verbal des séances les opinions qui ont déterminé l'Assemblée en faveur du retour périodique des Et. Gén. cette connoissance m'auroit fort aidé dans la discussion que j'entreprends, je tâcherai néanmoins de m'en passer.

Les écrits qui avoient paru depuis près de quarante ans, avoient inspiré à presque tout le monde, une sorte de vénération pour ~~le Gouvernement~~ la Constitution d'Angleterre et la prospérité de ce pays, comparée avec l'état où se trouvoit la France, n'avoit pu qu'augmenter ce sentiment. Là, disoit-on, se trouve la véritable liberté, celle qui est unie avec l'ordre, là, le Monarque est vraiment le père de ses sujets, puisqu'il peut tout pour faire le bien et rien pour faire le mal et c'est à son Parlement, à cette admirable combinaison de pouvoirs qui se balancent sans se croiser, que la Grande-Bretagne est redevable de sa félicité.

NOTICE HISTORIQUE

SUR

LOUIS XVIII,

PAR L.-G. MICHAUD (JUNIOR).

EXTRAIT DE LA BIOGRAPHIE UNIVERSELLE, TOME LXXII.

LOUIS XVIII, roi de France, fut, sans nul doute, un des princes les plus éclairés de notre siècle. Son règne, cependant, ne fut ni brillant ni prospère. De grandes calamités, un long exil en marquèrent le commencement, et les années de cette Restauration, qui devaient être si heureuses, qui devaient réparer tant de maux, ne furent ni aussi glorieuses ni aussi réparatrices qu'on devait s'y attendre. Rien de solide ni de durable n'y fut constitué, et l'influence étrangère, la faiblesse, les hésitations du pouvoir royal, l'impunité des factions, préparèrent à l'avenir de funestes vicissitudes. Ce prince naquit à Versailles, le 17 novembre 1755, et reçut avec les prénoms de *Louis-Stanislas-Xavier*, le titre de comte de Provence (1). Troisième fils du dauphin, fils unique de Louis XV, il n'avait que dix ans lorsque son père mourut. L'aîné des quatre frères, titré duc de Bourgogne, étant mort à l'âge de douze ans, il se trouva placé plus près du trône, immédiatement après le duc de Berri (depuis Louis XVI), et fut élevé avec les mêmes soins, par les mêmes maîtres que celui-ci, ainsi que le comte d'Artois, qui était le plus jeune de tous. Le duc de La Vauguyon fut leur gouverneur. C'était un homme pieux, fort éclairé, et qui avait fait la guerre d'une manière distinguée (*voy.* VAUGUYON, XLVIII, 26); mais il ne comprit pas assez que les moyens qui, dans un temps de calme et de félicité, peuvent maintenir les peuples dans le devoir, ne

---

(1) Le nom de *Louis* était patronymique dans la branche aînée des Bourbons de France, *Stanislas* était celui du roi de Pologne, aïeul maternel et parrain du comte de Provence; *Xavier* fut choisi par le Dauphin, son père, en témoignage de son affection pour la Compagnie de Jésus, du sein de laquelle est sorti saint François-Xavier.

suffisent plus dans un siècle d'innovations et de désordres. C'est à une époque où toutes les maisons souveraines donnaient aux jeunes princes une éducation et des habitudes militaires et politiques dont on prévoyait qu'ils auraient un jour besoin, que les fils du dauphin, destinés à commander au peuple le plus mobile et le plus belliqueux de l'Europe, furent environnés d'ecclésiastiques, très-recommandables, sans doute, mais tout-à-fait incapables d'inspirer à leurs élèves le courage et l'énergie, de les former au genre de talents qui devaient bientôt leur être nécessaires. L'évêque de Limoges, Coetlosquet, les abbés Nollet, de Radonvilliers, et le jésuite Berthier, étaient les principaux membres de cette espèce de conseil d'instruction royale. Le comte de Provence fut celui des augustes élèves qui parut le moins céder à ces influences de paix et d'abnégation. Sans être doué de vertus guerrières, il avait cependant quelque chose de la fermeté et de la résolution qui conviennent au pouvoir et qui seules peuvent le maintenir. On a dit que Louis XV, qui l'avait observé, le regardant comme plus digne de lui succéder, aurait voulu qu'il fût l'aîné, et ne doutait pas qu'il eût mieux su que le duc de Berri soutenir sa couronne. Ce qu'il y a de sûr, c'est que plus d'une fois, dès-lors, il fut aisé de voir que le comte de Provence eût vivement désiré la porter, et qu'il s'y crut toujours lui-même beaucoup plus propre que ses frères, manifestant en toute occasion, à leur égard, un air de supériorité qui contrastait singulièrement avec la simplicité, la modestie du duc de Berri. Un jour que celui-ci s'était exprimé en sa présence d'une manière incorrecte, il lui dit, avec une sorte de mépris, qu'un prince devait savoir sa langue; à quoi le duc de Berri répondit naïvement qu'il devrait bien savoir retenir la sienne. Cette confiance en soi, de la part du comte de Provence, était du moins fondée sous quelques rapports. D'un caractère grave et studieux, il dépassa de beaucoup ses frères dans les sciences et les lettres. Il apprit assez bien le latin, et lut de bonne heure Horace, qui fut toujours son auteur de prédilection. Dès-lors il s'environna de savants, d'artistes et de gens de lettres, qui tous, imbus de cette philosophie de l'époque, source de tant d'illusions et d'erreurs, lui firent une sorte de réputation et le popularisèrent. Le comte de Provence épousa, le 9 mai 1771, Marie-Joséphine de Savoie, dont la sœur fut mariée deux ans plus tard (nov. 1773) avec le comte d'Artois. Cette union parut d'abord heureuse, mais elle ne lui donna point d'enfants, et, bien que le prince eût quelques raisons de ne pas en attendre, il en fut mécontent, probablement par calcul d'ambition plus que par tout autre motif. Le mariage de Louis XVI étant aussi resté stérile dans les premières années, son frère en fut très-satisfait, et même il laissa beaucoup trop percer sa joie en adressant à la reine des compliments en prose et en vers, qu'il ne faisait pas toujours lui-même, entre autres ce quatrain, accompagnant le don d'un éventail, que l'on trouve littéralement inséré dans les œuvres de Lemierre, qui certainement ne l'avait pas pris au prince :

Au milieu des chaleurs extrêmes,
Heureux d'amuser vos loisirs,
J'aurai soin près de vous d'amener les zéphirs;
Les amours y viendront d'eux-mêmes.

Lorsque la reine devint enceinte, pour la première fois, le comte de Provence en montra un grand déplaisir; on prétend même qu'il déposa, aux archives du Parlement, une protestation contre la légitimité des enfants de son frère (2); mais ce fait, resté sans preuves, n'est plus qu'une de ces accusations révolutionnaires que l'histoire doit rejeter. Ce qu'il y a de sûr néanmoins, c'est que ce fut surtout depuis cette époque que son opposition se manifesta davantage. Entouré de gens de lettres et de tous ces hommes du XVIIIe siècle qui se donnaient pour des sages par excellence, dont tous les efforts et le but tendaient à saper dans leurs bases la religion et la monarchie, il en fit entrer plusieurs dans l'organisation de sa maison, et, ce qui est plus bizarre, dans les ordres du Mont-Carmel et de Saint-Lazare de Jérusalem, dont il était grand-maître. Nous citerons parmi eux le poète Ducis, qu'il avait fait son secrétaire des commandements, le marquis de Montesquiou, son écuyer, Arnault qui avait une place dans sa garde-robe, et les avocats Treilhard et Target, qui furent ses conseillers. Lui-même ne laissait pas échapper une occasion de persiffler et de fronder le gouvernement de son frère. Tout le monde pensa dans le temps, et il ne l'a pas nié, qu'il était l'auteur d'une brochure contre les ministres Maurepas, Turgot et l'abbé Terray, intitulée : *Les Mannequins, conte ou histoire, comme on voudra;* ainsi que d'une autre brochure, qui parut en 1784, dont le sens est tellement allégorique, qu'il est difficile de la bien comprendre, même en la lisant tout entière, comme nous l'avons fait. Elle est intitulée : *Description historique d'un Monstre symbolique pris vivant sur les bords du lac Fagna, près Santa-Fé, par les soins de Francisco Xaveiro de Menuris* (Monsieur), etc. Si le but de cette espèce de libelle était difficile à connaître, il n'en fut pas de même de l'auteur, que l'on désigna clairement dans les *Mémoires secrets* et dans d'autres écrits. On y lit aussi que Monsieur ne fut pas étranger à la composition de l'opéra de *Panurge*, qui parut sous le nom de Morel, son intendant. Enfin on lui attribua encore dans ce temps-là quelques articles dans les journaux, et surtout des épigrammes contre la reine; ce qui n'était guère propre à le faire chérir à la cour, où Marie-Antoinette était alors adorée. Les ministres, qui le voyaient faire tant d'efforts pour se mêler du gouvernement, le redoutaient plus encore que les courtisans. Tant que Louis XV vécut, ils suivirent à son égard la maxime d'état admise depuis les guerres de la Fronde, de tenir les princes du sang éloignés de toute participation aux affaires. Quoiqu'il fût

(2) Les *Mémoires de Bachaumont*, 12 janvier 1779, t. II, offrent à ce sujet l'anecdote suivante : « On a remarqué une observation de Monsieur au baptême de Madame, fille du roi. On sait que ce prince tenait l'enfant sur les fonts pour le roi d'Espagne. Le grand-aumônier lui a demandé quel nom il voulait lui donner; Monsieur a répondu : « Mais ce n'est « pas par où l'on commence; la première « chose est de savoir quels sont les père et « mère : c'est ce que prescrit le rituel ». Le prélat a répliqué que cette demande devait avoir lieu lorsqu'on ne connaissait pas d'où venait l'enfant; qu'ici ce n'était pas le cas, et que personne n'ignorait que Madame était née de la reine et du roi. Son altesse royale, non contente, s'est retournée vers le curé de Notre-Dame, présent à la cérémonie, a voulu avoir son avis, lui a demandé si lui, curé plus au fait de baptiser que le cardinal, ne trouvait pas son objection juste. Le curé a répondu avec beaucoup de respect qu'elle était vraie, en général; mais que, dans ce cas-ci, il ne se serait pas conduit autrement que le grand-aumônier; et les courtisans malins de rire. Tout ce qu'on peut inférer de là, c'est que Monsieur a beaucoup de goût pour les cérémonies de l'Eglise, est fort instruit de la liturgie, et se pique de connaissances en ce genre.

encore fort jeune, cette exclusion le blessa vivement, et, dès qu'il vit son frère sur le trône (1774), il fit tout ce qui lui fut possible pour prendre une autre position. Louis XVI paraissant disposé à rappeler les Parlements qu'avait éconduits et réorganisés le ministère Maupeou, Monsieur fit, sur cette importante question, des représentations très-énergiques, et il composa même un mémoire d'une prévoyance et d'une profondeur beaucoup au-dessus de ce que l'on pouvait attendre de son âge. « Cette magistrature, y était-il dit, a « élevé dans l'État une autorité rivale « de celle des rois, pour établir un « monstrueux équilibre, dont l'effet « était d'enchaîner l'administration « et de jeter le royaume dans l'anar- « chie. Que restera-t-il d'autorité aux « rois, si les magistrats, liés par une « association générale, forment, de « nouveau, un corps qui puisse opposer « une résistance combinée? Le feu « roi sera-t-il atteint et convaincu « d'avoir foulé, vexé, exilé, dépouillé « ses plus fidèles magistrats? Quel « exemple pour les successeurs du roi! « On me dira que les magistrats en « exil ne rentreront que sous les con- « ditions les plus gênantes. Mais « quelle caution donneront-ils au roi « de leur fidélité à les remplir? Ils « entreront doux comme des agneaux; « arrivés en place, ils seront des lions. « Ils prétexteront les intérêts de l'É- « tat, du peuple et du *seigneur roi.* « En désobéissant, ils déclareront ne « pas désobéir. La populace viendra « à leur secours, et l'autorité royale « succombera un jour, accablée du « poids de leur résistance. Tel sera le « résultat du sacrifice de la magistra- « ture soumise à la magistrature exi- « lée et rebelle. » Et, dans un entretien particulier qu'il eut avec Louis XVI, sur le même sujet, il lui dit : « Le Parlement actuel a remis « sur la tête du roi la couronne que « le Parlement en exil lui avoit ôtée, « et M. de Maupeou, que vous avez « exilé, a fait gagner au feu roi le « procès que les rois vos aïeux soute- « naient contre les Parlements depuis « deux siècles. Le procès était jugé, « et vous, mon frère, vous cassez le « jugement pour recommencer la pro- « cédure. » Lorsqu'il vit que, malgré ses représentations, la question était résolue, il sut, en prince obéissant et soumis, prendre son parti, et se chargea d'installer lui-même la chambre des comptes. Cette démarche augmenta sa popularité dans le public, qui ignorait son opposition. On ne peut pas douter néanmoins que le peu de succès de ses avis, dans cette conjoncture et dans plusieurs autres, ne lui ait donné beaucoup d'humeur. Depuis ce temps, il se tint à l'écart, et ne parut plus s'occuper que de littérature. C'est à cette époque (1776) que le roi accorda à chacun de ses frères toutes les prérogatives qui, jusqu'alors, n'avaient appartenu qu'au dauphin, et qu'il donna à Monsieur le palais du Luxembourg pour sa résidence; ce qui lui convenait à merveille pour y établir sa cour de gens de lettres et de savants. En 1777, il visita la Provence, dont il était le comte, et fit, dans le midi de la France, un voyage de plusieurs mois; tandis que son frère, le comte d'Artois, visitait les côtes de l'Ouest. Dans cette circonstance, comme toujours, il ne laissa échapper aucune occasion de faire remarquer son esprit et son savoir, de se montrer le protecteur et l'appui des sciences et des lettres. A Toulouse, il voulut recevoir l'Académie des Jeux floraux, immédiatement après le Parlement, et avant les autres autorités. Il assista à une de ses séances particulières ; inscrivit son nom sur la liste des *mainteneurs du gay sçavoir*, accepta un jeton de présence, et voulut, en tout point, ne paraître que comme un simple académicien. Il visita ensuite le canal du Languedoc, l'école de Sorèze, et tout ce que ces contrées pouvaient offrir de curieux à un observateur éclairé. Partout on ne put douter de son instruction et de son amour pour les lettres et ceux qui les cultivent. En revenant par la Provence, il rencontra l'empereur Joseph II, et ces deux princes philosophes, pour nous servir de l'expression du temps, se firent réciproquement un très-bon accueil. A Toulon, où on leur donna le spectacle d'un vaisseau de ligne lancé à la mer, le comte de Provence dit à ses voisins, en regardant l'empereur d'Allemagne : « Je suis bien aise que l'on donne *à cet étranger* une idée de notre puissance ». A son retour, Monsieur alla habiter son château de Brunoy, où il vécut presque en souverain, tenant un grand état de maison, et dépensant plus que son apanage. Il recevait encore alors beaucoup de savants et d'académiciens, qu'il soutenait et pensionnait à grands frais, plus que le roi lui-même. C'était Mme de Balbi, dame d'atours de la princesse, qui faisait les honneurs de cette résidence. Sans être douée de beaucoup d'attraits, cette dame, par son esprit, avait acquis un grand ascendant sur Monsieur. On sait que, dans tous les temps, le favoritisme fut, pour ce prince, un besoin, et qu'il lui fallut toujours quelque confident. C'est à ce rôle, sans doute, que se bornait alors Mme de Balbi, qu'il aurait bien voulu, a-t-on dit malignement, faire passer pour sa maîtresse. Cependant on croit qu'il la craignait encore plus qu'il ne l'aimait, et parfois elle le traitait assez durement, sans qu'il osât s'en plaindre. Un jour qu'il essaya de se montrer jaloux, en la priant de se mettre en garde contre des bruits fâcheux qui couraient sur son compte, parce que, dit il, la femme de César ne doit pas même être soupçonnée, elle lui répondit que d'abord *il n'était pas César*, et qu'ensuite *il savait bien qu'elle n'avait jamais été sa femme*. Le prince ne répliqua point à cette impertinente réponse; Mme de Balbi resta dans toute sa faveur, et elle ne fut pas plus réservée dans sa conduite ni dans ses propos. Au reste, le comte de Provence était, alors, très-occupé d'augmenter sa popularité et de fronder la cour et les ministres. Il assista, en grande loge, au Théâtre-Français, à la première représentation du *Mariage de Figaro* (1784), pièce dirigée évidemment contre les mœurs de la cour, et plus particulièrement contre la reine. Il y fut salué par de vives acclamations. Pendant qu'il attaquait ouvertement, comme entachés de principes révolutionnaires, les plans de Necker, et même ceux de Calonne, il prenait sous sa protection et soutenait par ses secours le *Musée des Arts*, fondé par Pilâtre de Rozier, et qui reçut alors le nom de *Musée de Monsieur*. Monge, Condorcet, Garat, Fourcroy et beaucoup d'autres du même parti en étaient les professeurs. Après avoir blâmé si hautement les mesures financières des ministres, il ne lui convenait guère d'aller porter à l'enregistrement de la Chambre des comptes l'édit du timbre (1787) contre lequel l'opinion publique était soulevée, et dont il prévoyait bien que l'enregistrement serait refusé. Aussi ne fut-ce qu'avec répugnance et sur l'injonction du roi qu'il accepta cette mission ; mais, pour ne pas compromettre sa popularité, il affecta un air de tristesse et de contrainte : cette ruse lui réussit. Tandis que son frère, le comte d'Artois, qui remplissait la même mission auprès de la Cour des aides, fut accueilli dans les rues par des menaces, des vociférations, et, devant la Cour, par un morne silence, de nombreux applaudissements éclatèrent sur le passage de Monsieur, et, dans quelques endroits, son chemin fut jonché de fleurs. Pour mieux jouir de cette espèce d'ovation, il recommanda très-hautement à son cocher de n'aller qu'au petit pas des chevaux et surtout de prendre bien garde de ne blesser personne. Enfin il alla jusqu'à embrasser des poissardes, qui vinrent le haranguer et lui présenter des fleurs. Telle était la position que le frère de Louis XVI avait prise, lorsqu'il présida le premier bureau de l'Assemblée des notables, en 1787. On sait que de ce bureau partirent les coups les plus redoutables contre le ministère, qui fut définitivement renversé. A la seconde assemblée, en 1788, Monsieur alla plus loin encore dans le système des réformateurs, et ce fut lui surtout qui fit adopter la double représentation du tiers-état aux États-Généraux, mesure contraire aux anciens usages de la monarchie, et qui a eu des résultats funestes. Il est vrai que plus tard le prince, qui en fut le principal auteur, a déploré amèrement cette erreur. « C'est, » dit-il dans l'ouvrage publié récemment d'après son propre manuscrit (3), « une des plus « grandes fautes de ma vie. Je me le « reproche d'autant plus que, si mon « nom ne se fût pas trouvé dans la « minorité de cette assemblée (les no- « tables), M. Necker n'aurait pas osé « la qualifier d'*imposante*, et qu'ainsi « j'emporterai plus qu'un autre au « tombeau le regret des effroyables « malheurs qu'a amenés son rap- « port. » Cette rétractation, cette espèce d'amende honorable n'ayant été connue du public que depuis quelques années, et se trouvant en contradiction avec beaucoup d'antécédents du prince, quelques personnes ont douté de son authenticité; mais la confrontation du manuscrit déposé à la Bibliothèque royale, et toutes les circonstances de cette publication n'ont laissé aucune incertitude à cet égard ; et c'est aujourd'hui une chose incontestable, un fait acquis à l'histoire que l'attachement du frère aîné de Louis XVI au pouvoir monarchique, aux bases de notre ancien gouvernement. Si, dans plusieurs occasions, il tint une conduite et manifesta des principes différents; si, à la même époque, par exemple, il refusa de signer le mémoire que tous les princes du sang, à l'exception du duc d'Orléans, présentèrent au roi sur les dangers de la révolution, ce fut par un sentiment d'amour-propre ou des calculs d'ambition et de rivalité personnelle, fort mal entendus sans doute, mais dont il ne voyait pas toute la portée ni les funestes conséquences. Quand il s'aperçut enfin qu'il s'agissait d'innovations beaucoup plus graves que d'un changement de système ou de ministres, et que l'existence même de la monarchie était compromise, il cessa de se livrer à des actes d'opposition aussi contraires à ses propres intérêts. Depuis l'ouverture des États-Généraux, on ne le vit guère en public que dans les jours de solennité,

(3) *Manuscrit inédit de Louis XVIII*, avec portrait et *fac simile*, vol. in-8°, Paris, 1839.

à côté du roi, notamment le 15 juillet 1789, le lendemain de la grande révolution, lorsque le monarque se livrant tout entier à la discrétion de l'Assemblée, alla lui demander son appui avec tant d'humilité, et déclarer qu'il faisait retirer les troupes. Dans les journées des 5 et 6 octobre, l'appartement de Monsieur ne fut point attaqué par les brigands, et l'on ne s'aperçut de sa présence au château qu'au moment du départ pour Paris, lorsqu'il se présenta dans une attitude très-calme, et avec une toilette soignée, comme à un jour de fête, pour entrer dans la voiture royale et se rendre à Paris avec toute la malheureuse famille. De même que les autres captifs, il supporta avec calme et courage toutes les douleurs de cette horrible marche, et il alla habiter son palais du Luxembourg, où il fut retenu prisonnier, à peu près comme son frère l'était au Tuileries. Dès-lors, cherchant de plus en plus à s'effacer, il recevait peu de monde, et se rendait assez souvent auprès du roi, mais il n'y restait pas longtemps et n'était pas toujours admis dans les secrets politiques. La reine surtout se défiait de lui, et craignait son ambition; mais il trouva ensuite moyen d'être initié dans l'un des plus importants de ces secrets, celui de la défection de Mirabeau, qu'il contribua puissamment à mettre dans les intérêts de la cour. Ce fut lui qui fit toute la correspondance, et qui même rédigea le traité, que beaucoup de personnes ont vu écrit tout entier de sa main. Cette affaire venait d'être conclue, lorsque survint celle de Favras, où Monsieur, gravement compromis auprès du parti révolutionnaire, réussit, par les conseils de Mirabeau, non-seulement à se disculper, mais à retremper sa popularité, et fit preuve de courage et de présence d'esprit (*voy.* FAVRAS, XIV, 221). On lui a souvent reproché d'avoir dénié et abandonné ce malheureux qu'il avait entraîné dans un complot royaliste; mais en se reportant à cette époque de délire, et en songeant à la fureur de cette populace qui demandait du sang et qui força les juges à lui donner une victime, on doit comprendre que, s'il l'eût reconnu pour son agent, s'il s'était déclaré son protecteur, loin de le sauver, il l'eût compromis davantage, il eût établi la vérité d'une conspiration, que toute la défense de Favras consistait à nier, et que le prince ne pouvait ni ne devait reconnaître. Un billet, qui fut répandu dans Paris le jour même de l'arrestation, l'avait désigné positivement comme chef du complot (4), et cette accusation retentit aussitôt partout. En présence de tous ces faits, on sent qu'il ne pouvait guère rester impassible. Ce fut donc par nécessité qu'il se rendit à l'Hôtel-de-Ville, pour se plaindre de la perfidie du billet, et de la méchanceté de ceux qui le faisaient circuler. Il expliqua ensuite ses rapports avec Favras, qui n'avaient consisté, dit-il, que dans la négociation d'un emprunt dont il l'avait chargé. Il termina par cette profession de foi, prononcée d'un ton ferme et courageux: « Vous « n'attendez pas de moi que je m'a- « baisse à me justifier; mais dans un « temps où les calomnies les plus ab- « surdes peuvent faire confondre les « *meilleurs citoyens avec les ennemis*

(4) Voici le texte de ce billet: « Le marquis de Favras, place du Palais-Royal, a été arrêté avec madame son épouse, pour un plan qu'il avait formé de soulever trente mille hommes pour faire assassiner M. de Lafayette et le maire de la ville, et ensuite nous couper les vivres. Monsieur, frère du roi, était à la tête. Signé BARAU. »

« *de la révolution*, j'ai cru devoir au roi « et à moi-même d'entrer dans tous « les détails que vous venez d'entendre, afin que l'opinion publique ne « puisse rester incertaine. Quant à « mes opinions personnelles, j'en « parlerai avec confiance à mes concitoyens. Depuis le jour où, dans la « seconde assemblée des notables, je « me déclarai sur la question fondamentale qui divisait encore les esprits, « je n'ai pas cessé de croire qu'une « grande révolution était prête ; que « le roi, par ses intentions, ses vertus et son rang suprême, devait en « être le chef, puisqu'elle ne pouvait « pas être avantageuse à la nation « sans l'être également au monarque ; « enfin que l'autorité royale devait « être le rempart de la liberté nationale, et la liberté nationale la base « de l'autorité royale. Que l'on cite « une seule de mes actions, un seul « de mes discours qui ait démenti ces « principes, qui démontre que, dans « quelque circonstance où j'aie été « placé, le bonheur du roi, celui « du peuple, ait cessé d'être l'objet « de mes pensées et de mes vœux ! « Jusque-là, j'ai le droit d'être cru « sur parole. Je n'ai jamais changé de » sentiments et de principes ; je n'en « changerai jamais.... A présent, ma « bouche ne doit plus s'ouvrir que « pour demander la grâce de ceux qui « m'ont offensé. » Le maire Bailly répondit à ce discours d'une manière assez convenable ; il traita le prince de *premier citoyen du royaume ;* et Monsieur retourna au Luxembourg au milieu des acclamations de cette foule qui, la veille, demandait sa tête Favras déclara en mourant qu'il avait eu des relations avec *un grand de l'État*, qui l'avait chargé de disposer les esprits en faveur du roi, et que c'était là tout son crime, ce que nous croyons vrai. Cette démarche de Monsieur, toute nécessaire qu'elle était à sa sûreté, étonna cependant par son courage et l'à-propos de la manifestation, ce qui fit croire généralement que, non-seulement elle avait été conseillée par Mirabeau, mais qu'il en avait dicté les expressions; et cela est d'autant plus probable, que la déclaration faite dans le même sens, par Louis XVI, à l'Assemblée nationale, le 4 février 1790, semble venir de la même source, et qu'exigée par des nécessités analogues, elle eut pour le roi le même résultat, celui de procurer à ce prince quelques jours de popularité. Toute cette époque se ressentit de l'impulsion donnée à la cour par le grand orateur, et l'on ne peut douter que sa mort n'ait été pour Louis XVI et sa famille un très-grand malheur. Il avait conçu, dans leur intérêt, beaucoup de plans qui ne furent pas exécutés après sa mort, ou qui le furent mal, entre autres le départ du roi pour Lyon, où l'on eût réuni une Assemblée nationale. Cela ne ressemblait guère à ce mesquin projet de Montmédy qui, même en réussissant, ne pouvait avoir que de faibles résultats; car nous sommes persuadés que Louis XVI, isolé et sans appui, se fût trouvé, avant un mois, dans l'obligation d'émigrer et de se mettre dans les mains des étrangers, ce qui pour lui eût été le pire de tous les malheurs. Cependant tous ces projets d'évasion avaient percé dans le public, et ils y causaient de l'agitation. La famille royale était observée plus soigneusement, et Monsieur ne l'était pas moins. Ce fut dans ces circonstances qu'il se rendit encore une fois à l'Hôtel-de-Ville, et qu'il y protesta hautement contre tout projet de départ. Lorsque Mesdames, tantes du roi, réussirent à s'éloigner, la populace s'ameuta auprès du Luxembourg, et le prince fut obligé de se montrer. Il fit assez bonne contenance et répondit avec présence d'esprit au commissaire qui lui fut envoyé par le maire (*v.* Lablée, LIX, 212), ainsi qu'aux chefs de cette émeute, qu'il finit par tourner à son avantage, comme il avait fait dans l'affaire de Favras. La foule se dispersa en criant *vive Monsieur!* Et ce prince, qui la veille n'aurait pas pu sortir de chez lui sans exciter des rumeurs, se rendit dans le même instant aux Tuileries, traversa la foule et fut unanimement applaudi sur son passage. Toutes ces circonstances, en rendant le départ de la famille royale plus difficile, le rendaient encore plus nécessaire. Il était aisé de voir que bientôt la place ne serait plus tenable et qu'il deviendrait impossible d'en sortir. Après de longues hésitations, le roi se décida enfin à partir, et il fut arrêté que ce serait sur la frontière de l'Est, dans le gouvernement de M. de Bouillé, qu'il se rendrait avec la reine et le dauphin. Monsieur ne fut pas initié dès le commencement dans tous les détails du projet, et il se plaint de cette réserve dans la Relation de son voyage à Coblentz; cependant il est bien sûr qu'il fut averti suffisamment à temps, et que l'on convint qu'il partirait le même jour que la famille royale, et qu'il ne prendrait pas la même route, ce qui fut très-heureux pour lui. Il était si bien informé du projet, qu'il raconte, dans sa Relation, que Louis XVI lui communiqua la veille une déclaration qu'il devait laisser pour l'Assemblée nationale, qu'il y trouva des incorrections de style et une lacune importante, celle d'une protestation contre tous les actes émanés du roi, pendant sa captivité; c'est-à-dire depuis le 6 octobre 1789, depuis son emprisonnement dans la capitale. Et il ajoute qu'après le soupé il fit encore à son frère quelques observations sur cette pièce importante, que le roi lui dit de l'emporter pour la lui rendre le lendemain; qu'en effet, après avoir travaillé long-temps *à l'ouvrage le plus ingrat, celui de corriger l'ouvrage d'un autre*, il en vint cependant à bout *tant bien que mal*, mais que *la plume lui tombait souvent des mains.* « D'après cela, continue-t-il, on « pourrait croire que je suis l'auteur « de la déclaration du 20 juin; je dois « à la vérité de dire que je n'en ai été « que le correcteur; que plusieurs de « mes corrections n'ont pas été adop« tées, que tout ce qui la terminait « fut ajouté depuis, et que je ne l'ai « connue telle qu'elle est restée qu'à « Bruxelles... Il fut convenu que je « me rendrais à Longwi, en passant « par les Pays-Bas. Enfin nous nous « embrassâmes bien tendrement, et « nous nous séparâmes, bien persua« dés, au moins de ma part, qu'avant « quatre jours nous nous reverrions « en lieu de sûreté. » Madame Élisabeth, fondant en larmes, lui donna une Sainte-Cécile qui devait lui porter bonheur, s'il avait soin de la porter sur lui; et la reine lui dit ces paroles touchantes : « Prenez garde de m'at« tendrir, je ne veux pas qu'on voie « que nous avons pleuré ». Quelques heures après ces adieux, qui devaient être éternels, le comte de Provence et son ami d'Avaray, placés dans une voiture de poste, prirent la route des Pays-Bas, par la Picardie, avec des passeports anglais, et dès le lendemain ils étaient aux portes de Maubeuge, sans autre accident qu'une roue cassée et une légère indisposition de M. d'Avaray. Mais le passage par cette ville était périlleux, et l'on pouvait y être reconnu. C'est dans cette occasion que le comte d'Avaray, par sa présence d'esprit, rendit à son prince un service que celui-ci n'a jamais oublié, et dont peut-être même il a quelquefois exagéré l'importance ; ce fut de faire passer la voiture en dehors de la ville, en gagnant le postillon avec quelques écus (*voy.* AVARAY, LVI, 590). Arrivé sur le territoire autrichien, le premier mouvement du comte de Provence fut de saisir *sa maudite cocarde tricolore*, et de l'arracher de son chapeau en répétant ce vers d'Armide :

Vains ornements d'une indigne mollesse...

et en priant M. d'Avaray de la conserver, comme Christophe Colomb voulut conserver ses chaînes. Tous deux se mirent ensuite à genoux pour remercier Dieu de leur délivrance. Bientôt ils arrivèrent à Mons, où madame de Balbi, qui était partie d'avance, avait préparé leur logement. Dès le lendemain, ils se remirent en route pour Namur, et ce fut dans cette ville qu'ils apprirent l'arrestation de la famille royale. A peine cette nouvelle leur était-elle parvenue que les idées de régence et de présidence du Conseil se présentèrent à la pensée de Monsieur, et qu'en conséquence il dépêcha un courrier au comte d'Artois, qui était à Coblentz, pour lui mander de venir le joindre à Bruxelles. Ce prince se rendit sans hésiter à cette espèce d'injonction ; mais le baron de Breteuil, qui avait des pouvoirs et des instructions du roi et de la reine, s'opposa ouvertement à ces prétentions, et fit très-facilement adopter les mêmes idées aux cours de Berlin et de Vienne. Sans doute il convenait mieux à ces puissances de voir sur le trône de France, qu'ils avaient redouté si long-temps, un roi prisonnier et sans pouvoir, qu'un régent placé désormais dans une situation indépendante, et qui bientôt allait se trouver à la tête d'une armée peu nombreuse encore, mais que beaucoup de circonstances pouvaient augmenter. Ces puissances, s'appuyant des instructions du baron de Breteuil, envoyé de Louis XVI, refusèrent positivement de reconnaître un régent ; et les corps armés de l'émigration restèrent isolés et sans pouvoir se réunir sous les ordres d'un chef unique, ce qui devait rendre tous leurs efforts inutiles. L'entrevue des deux princes fut très-franche, très-affectueuse ; et après huit jours de conférences, où rien ne fut arrêté, parce que rien ne pouvait l'être, ils se rendirent ensemble à Aix-la-Chapelle, où ils trouvèrent le marquis de Bouillé, désespéré du malheur de Varennes, et le roi de Suède, Gustave III, qui leur fit les plus belles promesses, mais dont la puissance était loin d'égaler le zèle. Ils arrivèrent à Coblentz, quartier-général de l'émigration, le 7 juillet 1791, et ce fut là que Monsieur dut commencer à mieux apprécier sa position, à juger plus sainement de son avenir et de celui de la France. L'émigration était divisée en plus de partis et de factions, peut-être, que l'intérieur ; et sa présence ne fit qu'y ajouter encore. Le bon accord entre les deux frères n'était évidemment qu'une concession faite aux nécessités de l'époque. Ils eurent dès-lors leurs agents et leur cour séparés, ce qui a continué jusqu'au temps de leur réunion en Angleterre. Vers la fin d'août, le comte d'Artois se rendit à Pilnitz, où le roi de Prusse et l'empereur s'étaient donné rendez-vous, pour conférer sur les affaires de France. Bien que les vues de ces deux souverains, dans cette grande question, ne pussent pas être les mêmes, ils arrêtèrent une espèce d'ultimatum, qui ne fut pas une déclaration de guerre comme les princes s'y attendaient, mais l'offre de la paix accordée à la révolution, avec des conditions que l'on savait bien ne devoir pas être acceptées. C'était le rétablissement de la monarchie sur ses anciennes bases, la restitution de tous les biens du clergé et des princes de l'empire, possessionnés en Alsace et en Lorraine; enfin celle d'Avignon au pape. Pour les gens de quelque sens, il résultait évidemment d'un tel manifeste, que les deux souverains ne voulaient franchement ni la paix ni la guerre; que les malheurs de Louis XVI et la position de ses frères les touchaient fort peu; qu'ils n'avaient d'autre but que d'observer nos dissensions, de les entretenir et d'en profiter. Si Monsieur et le comte d'Artois ne comprirent pas d'abord cela, il est au moins bien sûr que dès-lors ils ne comptèrent plus sur une assistance réelle. Ce qui doit le faire croire, c'est que ce fut à cette époque qu'ils conçurent la noble pensée de faire la guerre pour leur compte, et de rester puissance indépendante, au milieu de la coalition. Certes ils n'auraient pas manqué de soldats, et déjà ils en avaient un assez grand nombre, mais ils avaient besoin d'un point d'appui, d'un centre de pouvoir et surtout d'argent. Il eût aussi fallu que l'un d'eux, au moins, fût doué de quelque expérience militaire, et qu'obligé de reconquérir une couronne, comme son aïeul Henri IV, il sût comme lui se mettre à la tête de son armée. Nous ne doutons pas qu'avec de tels avantages, et en conservant leur indépendance, les frères de Louis XVI n'eussent alors mieux servi leur cause qu'en se réduisant, comme ils le firent, à l'égard des étrangers, au rôle d'auxiliaires. Les grandes puissances, qui ne redoutaient rien tant qu'une telle résolution, firent tout ce qu'il fallait pour l'empêcher. Non-seulement elles ne donnèrent aucun secours aux Français émigrés, mais elles ne leur permirent de faire, sur leur territoire, aucun préparatif. Coblentz se trouvait dans les États de l'électeur de Trèves, oncle des deux princes, et il eût été difficile de lui imposer les mêmes conditions. Cependant on l'essaya plusieurs fois, mais inutilement; et on ne l'obtint pas même du prince de Hohenlohe, à qui le roi de Prusse écrivit à cet égard de la manière la plus pressante, même après les conférences de Pilnitz: « Moi-même et S. M. « l'empereur, avions cru nous com« promettre en recevant chez nous « des corps d'émigrés armés, et ne leur « avons accordé qu'une pure et sim« ple hospitalité ». (*Voy.* HOHENLOHE, LXVII, 259.) Tout cela était parfaitement connu des frères de Louis XVI, mais une fois lancés dans le système de l'étranger, ils étaient obligés de dissimuler; et c'est ainsi que, dans une lettre à leur frère, qu'ils publièrent comme une espèce de manifeste, après avoir longuement énuméré toutes les puissances disposées *à contribuer au rétablissement de la couronne de France*, ils ajoutaient: « Les « intentions des souverains sont aussi « droites, aussi pures, que le zèle « qui nous les a fait solliciter. Elles « n'ont rien d'effrayant ni pour l'État « ni pour vos peuples. Ce n'est pas « les attaquer que de leur rendre le « plus signalé de tous les services, de « les arracher au despotisme des dé« magogues, aux calamités de l'anar« chie. Ce que nous faisons pour vous « rendre votre liberté, avec la mesure « d'autorité qui vous appartient légi« timement, n'a d'autre objet que de

« rétablir la force publique; le but « des puissances confédérées n'est que « de soutenir le parti sain de la nation « contre la partie délirante ». Et dans une lettre confidentielle, ils le rassuraient sur lui-même : « Soyez tran« quille pour votre sûreté, lui di« saient-ils, nous y travaillons avec « ardeur; tout va bien. Nos ennemis « eux-mêmes ont trop d'intérêt à votre « conservation, pour commettre un « crime inutile, et qui achèverait de « les perdre ». L'Assemblée répondit au manifeste du prince par un décret qui somma Louis-Stanislas-Xavier de rentrer dans le royaume, sous peine de perdre ses droits éventuels à la régence; et un nouveau décret le déclara déchu, le 16 janvier 1792, tandis qu'aspirant toujours au rôle de régent, il montait, à Coblentz, une maison militaire, et qu'il avait des ministres et des envoyés auprès de toutes les puissances, avec mission de les presser, de les pousser à des hostilités contre le parti révolutionnaire. Rien de tout cela n'avait pu les décider à se mettre en campagne, lorsque l'Assemblée nationale, sur la proposition de Louis XVI lui-même, déclara la guerre à l'empereur, qui, jusque-là, avait si peu songé sérieusement à la faire, qu'aucune de ses frontières n'y était préparée; et que bien que les Français le fussent eux-mêmes fort peu, ils auraient pu envahir sur-le-champ la Belgique, si un seul de leurs chefs eût compris les avantages d'une pareille invasion. Lafayette s'y refusa formellement, mais il ne dépendit pas de Dumouriez de faire dès-lors ce qu'il fit si facilement quelques mois plus tard. Forcés enfin de se mettre en campagne, le roi de Prusse et l'empereur François II se réunirent à Mayence, dans le mois de juillet, et un plan d'attaque fut arrêté, dans lequel les Prussiens durent jouer le principal rôle. L'Autriche ne devait fournir qu'un corps auxiliaire; et les émigrés, dont les forces, si elles avaient été réunies, auraient pu former une armée assez nombreuse (au moins trente mille hommes, dont dix mille de très-belle cavalerie), furent dispersés sur les derrières. Monsieur s'était flatté d'abord de diriger la coalition, et de marcher avec les émigrés, en tête de ses armées; mais au lieu de présider dans les conseils, il fut à peine informé des résolutions qu'on y prit; et dans la crainte que les corps d'émigrés réunis n'eussent trop d'influence sur les événements, les puissances alliées décidèrent qu'ils resteraient isolés et ne combattraient qu'en seconde ligne, sous les ordres de leurs généraux. Quelques historiens ont accusé le baron de Breteuil d'avoir, d'accord avec Louis XVI et la reine, soufflé aux puissances, qui n'avaient déjà que trop de mauvais vouloir pour l'émigration, ces insultantes et peu généreuses dispositions. Ce fut au moment où les troupes de la coalition se mirent en campagne, sous les ordres du duc de Brunswick, généralissime, et le roi de Prusse, marchant lui-même à la tête des colonnes, que la révolution du 10 août acheva le renversement de la monarchie, et mit définitivement Louis XVI dans les fers. C'était bien le cas de proclamer la régence de Monsieur; cependant les cabinets, et surtout celui de Vienne, s'y refusèrent encore obstinément, et il fallut que le frère du roi de France, prisonnier, et près de monter sur l'échafaud, il fallut que ce frère, marchant à sa délivrance avec un corps de Français fidèles, se tînt obscurément sur les derrières des troupes étrangères, sans titre et sans pouvoir, qu'il ne pût pas même prendre part aux combats qui allaient être livrés pour sa cause, si l'on en croit les manifestes, mais trop évidemment pour d'autres motifs, si l'on pense à cette ancienne jalousie, à ces vieilles rancunes qui depuis plus d'un siècle dirigeaient la politique des cabinets contre la monarchie de Louis XIV. Jamais ces passions haineuses et jalouses, jamais les défiances des étrangers ne se montrèrent plus à nu. Mais de plus cruelles déceptions attendaient encore les frères de Louis XVI. En entrant sur le sol de la patrie, le 8 août 1792, ces princes publièrent, sous le titre de *Déclaration des frères de S. M. très-chrétienne*, une espèce de manifeste très-remarquable, et dans lequel se trouvaient du moins exprimés, avec plus de dignité et de convenance que dans celui du duc de Brunswick, les motifs de l'invasion. Après avoir longtemps hésité et paradé sur la frontière, en présence de l'armée de Lafayette, composée à peine de 30,000 hommes, et qui, à l'approche de la révolution du 10 août, avait bien autre chose à faire que de combattre les Prussiens, cet inexplicable duc de Brunswick se mit enfin en marche, avec 150,000 hommes, sur le territoire français; et ce qui est assez remarquable, c'est qu'il y entra précisément le 10 août, le jour même où tombait le trône de Louis XVI, qu'il venait relever. Après avoir mis vingt jours à franchir une distance de vingt lieues, il parut devant Verdun, le 29 du même mois, et s'empara en trois jours, sans tirer un coup de canon, d'une place qui ne se défendit pas. Tout le reste de cette expédition se fit avec la même lenteur (*voyez* Dumouriez, LXIII, 155), et personne ne douta que, s'il avait acquis moins de gloire, le duc de Brunswick en était dédommagé par d'autres avantages. Les frères de Louis XVI, qui, en marchant derrière les alliés, étaient venus jusqu'à trois lieues de Reims, furent les témoins impuissants de cette guerre de déceptions et d'intrigues, et lorsqu'une lâche collusion eut fixé les conditions de la retraite, leur troupe y fut une des plus exposées, et si on ne la désigna pas aux vengeances des républicains, il est au moins bien sûr qu'elle eut beaucoup à souffrir, et qu'en conséquence des décrets déjà existants, les émigrés qui tombèrent aux mains de ces derniers furent envoyés à l'échafaud, ce que n'ignoraient pas les alliés, qui avaient refusé de les comprendre dans leur capitulation avec les généraux de la république. Arrivés sur la Meuse, les princes furent, à leur grand regret, forcés de licencier cette troupe si belle, si brave, et qui pouvait faire de si grandes choses! Une partie se réfugia auprès du prince de Condé, qui avait de son côté créé une petite armée, qu'alors il fut obligé de mettre à la solde et à la disposition de l'Autriche. Les deux princes, frères de Louis XVI, allèrent de nouveau habiter le château de Ham, près de Dusseldorff, et ce fut là qu'ils apprirent la mort de Louis XVI. Cette catastrophe changea complètement la position de Monsieur. Le titre de régent ne pouvait plus lui être contesté; il se hâta d'annoncer à toutes les cours, à toutes les puissances, à tous les princes de sa maison, l'avènement de Louis XVII, et la régence, qui en était la conséquence nécessaire. Un ordre du jour fit bientôt connaître tout cela à l'armée de Condé; puis une petite cour et un ministère furent constitués selon l'usage de la monarchie, et composés de tout ce qu'il y avait de plus considérable dans l'émigration. On y lut les noms illustres des Broglie, des Castries, des Saint-Priest, des Barentin, etc. De nombreuses correspondances furent alors établies avec l'intérieur; et beaucoup d'agents, ostensibles ou secrets, furent envoyés sur tous les points. C'était une époque importante; le nouveau régent y déploya de l'activité, et si les puissances coalisées avaient soutenu sa cause de bonne foi, le succès était probable. L'indignation contre le régicide était à son comble dans toute la France; des soulèvements éclatèrent sur différents points, et plusieurs départements, surtout celui de la Vendée, embrassèrent ouvertement et avec beaucoup de chaleur la cause du royalisme. Dans le même temps, les armées de la République étaient défaites sur le Rhin par l'armée prussienne, que le roi commandait en personne, et dans les Pays-Bas, par le prince de Cobourg, qui signait avec Dumouriez un traité dans lequel Louis XVII était reconnu roi de France. Mais le cabinet de Vienne, loin d'être aussi favorable à cette cause, annula tout ce que son général avait fait, et lui ordonna de prendre nos places et nos provinces, au nom de l'empereur d'Autriche. C'est à ce mauvais vouloir, comme à celui des Prussiens, que l'histoire doit attribuer tous les résultats de cette mémorable campagne de 1793, où les événements se pressèrent avec tant de rapidité, où la révolution fut si près de succomber (*voyez* Kilmaine, LXVIII, 517). Nous ne pensons pas qu'à cette époque décisive le régent de France soit resté au-dessous de son rang. S'il n'alla pas se réunir aux royalistes de la Vendée, s'il ne parut pas à la tête des armées, c'est parce qu'aucune de ces puissances qui se disaient ses alliées ne le permit; et que, loin de là, elles le tinrent confiné dans ce château de Ham, où tous ses efforts durent se borner, pendant près d'un an, à des correspondances qui furent toujours épiées, observées, et souvent même interdites. Il échappa cependant à cette espèce de captivité vers la fin de l'année 1793, quand une adresse des royalistes de Toulon lui apprit que cette ville s'était livrée en son nom aux Anglais et aux Espagnols, et le sollicita de venir se placer à leur tête. Voyant toute la portée d'un pareil événement, il se met en route sans hésiter, traverse en toute hâte le midi de l'Allemagne, les montagnes du Tyrol, et arrive à Turin, d'où il se préparait à partir pour Gênes, lorsque des observations sur les difficultés de l'invasion, sur l'inutilité de sa présence, l'obligèrent à suspendre sa marche. On a même dit que par les insinuations de l'ambassadeur anglais, le roi Victor-Amédée, son beau-père, le retint dans sa capitale. Ce qu'il y a de sûr, c'est que son intention était bien arrêtée, et qu'il avait fait jusque-là tout ce que son devoir lui commandait; il est également certain que sa présence à Toulon, où le parti royaliste avait été assez fort pour introduire les alliés et opérer une contre-révolution complète, pouvait déterminer un grand événement dans le midi et sauver du moins nos chantiers de marine, ainsi que nos vaisseaux de guerre, que les Anglais se hâtèrent d'emmener avec eux ou de brûler d'une manière si honteuse, lorsque rien ne les obligeait à évacuer une place qui n'avait pas même été attaquée, et dont les républicains allaient être bientôt forcés de lever le siége (5). Tout cela, d'ailleurs, se fit si vite, si inopinément, que le régent eut à peine le temps d'accourir, et que tout était fini quand il fut à moitié chemin. Alors il se trouva fort embarrassé pour fixer sa résidence. Beaucoup de puissances ne l'auraient pas reçu, et il était peu disposé à aller chez les autres. Les Vénitiens, après en avoir toutefois demandé la permission à la République française, consentirent à lui donner un asile, et il alla s'établir à Vérone. Là, vivant d'une espèce de pension alimentaire que lui faisait l'Espagne, il reprit ses correspondances avec l'intérieur, et surtout avec la Vendée, où Charette était devenu son héros de prédilection. Il le nomma général en chef, et lui écrivit des choses très-flatteuses et véritablement faites pour exciter son zèle; ce qui n'empêcha pas ce général de conclure à cette époque une trêve avec la République et de refuser son assistance, qui pouvait être décisive, dans l'expédition de Quiberon. Le régent essuya encore dans cette occasion un refus non moins cruel. Depuis long-temps il sentait le besoin, pour sa cause, de se mettre à la tête des royalistes de l'Ouest; mais ne pouvant rien faire à cet égard sans le concours de l'Angleterre, il chargea, à plusieurs reprises, le duc d'Harcourt, son ambassadeur à Londres, de presser le ministère, qui repoussait cette demande, en donnant pour prétexte l'intérêt qu'il prenait à la vie du prince. A quoi celui-ci répondit avec dignité que les ministres de S. M. B. prenaient trop d'intérêt à sa personne, qu'en France le roi ne meurt jamais. Se comparant ensuite, selon sa coutume, à Henri IV, son aïeul, il ajouta : « Suis-je, comme lui, dans mon « royaume? Ai-je gagné la bataille « de Coutras? Non; je me trouve « dans un coin de l'Italie; une grande « partie de ceux qui combattent pour « moi ne m'ont point vu; je n'ai fait « qu'une campagne, dans laquelle on « a tiré à peine un coup de canon... » Il se plaignait ensuite vivement de ce que son inactivité forcée donnait à ses ennemis occasion de le calomnier, et finissait par cette phrase énergique : « Insistez de nouveau, et dites aux « ministres, en mon nom, que je leur « demande mon trône ou un tom« beau. » Enfin le duc d'Harcourt triompha, et il fut envoyé au régent une invitation de se rendre en Bretagne, avec l'assurance qu'un vaisseau anglais lui était expédié pour l'y conduire. Sur-le-champ il se met en devoir de partir, et déjà il était en route quand il reçut la nouvelle de l'affreux désastre. C'est ainsi qu'en agirent toujours les puissances avec les Bourbons, ne les aidant et ne leur portant secours que lorsque ce secours était inutile. A cette époque mourut, dans la prison du Temple, l'enfant-roi, appelé Louis XVII, et le régent dut lui succéder sous le nom de Louis XVIII. Enfin il ceignit cette couronne qu'il avait si long-temps désirée, qu'il a nommée avec tant de raison une couronne d'épines, mais dont cependant jamais il ne consentit à se dessaisir. De nombreuses missives et circulaires en portèrent aussitôt la nouvelle en tous lieux, et le petit-fils de Henri IV annonça : « Qu'un « jour viendrait, où, après avoir, « comme son aïeul, reconquis son

(5) Les représentants du peuple près l'armée assiégeante, voyant l'impossibilité où ils étaient de continuer le siége, à cause du manque de vivres et de munitions, avaient déjà donné des ordres pour la retraite derrière la Durance, et leur lettre était parvenue au Comité de salut public, lorsque les Anglais mmencèrent à évacuer la place.

« royaume, il pourrait mériter, « comme Louis XII, le titre de père « du peuple ». Nous citerons encore un passage de cette pièce remarquable, en ce qu'elle fait bien connaître ce qu'étaient alors, ce qu'ont toujours été les principes politiques de Louis XVIII, et surtout son attachement aux bases de l'ancienne monarchie. « Louis, par la grâce de Dieu, roi de « France et de Navarre, à tous nos « sujets, salut : En vous privant d'un « roi qui n'a régné que dans les fers, « mais dont l'enfance promettait le « digne successeur du meilleur des « rois, les impénétrables décrets de la « Providence nous ont transmis avec « la couronne la nécessité de l'arra- « cher des mains de la révolte, et le « devoir de sauver la patrie, qu'une « révolution désastreuse a placée sur « le penchant de sa ruine. Cette fu- « neste conformité entre les com- « mencements de notre règne et du « règne de Henri IV nous est un « nouvel engagement de le prendre « pour modèle; et en imitant d'abord « sa noble franchise, notre âme tout « entière va se dévoiler à vos yeux. « Assez et trop long-temps nous avons « gémi des fatales conjonctures qui « tenaient notre voix captive. Écou- « tez-la, lorsqu'enfin elle peut se faire « entendre... Une terrible expérience « ne nous a que trop éclairé sur vos « malheurs et sur leurs causes. Des « hommes impies et factieux, après « vous avoir séduits par de menson- « gères déclamations et par des pro- « messes trompeuses, vous entraînè- « rent dans l'irréligion et la révolte. « Depuis ce moment, un déluge de « calamités a fondu sur vous de tou- « tes parts. Cette antique et sage « constitution dont la chute a en- « traîné votre perte, nous voulons « lui rendre toute sa pureté que le « temps avait corrompue, toute sa « vigueur que le temps avait affai- « blie. Mais elle nous a mis elle-même « dans l'heureuse impuissance de la « changer; elle est pour nous l'arche « sainte; il nous est défendu de lui « porter une main téméraire; votre « bonheur et notre gloire, le vœu « des Français et les lumières que « nous avons puisées à l'école de l'in- « fortune, tout nous fait mieux sentir « la nécessité de la rétablir intacte. » Ainsi, au premier jour de son avènement au trône, Louis XVIII ne se montra pas moins attaché à l'ancienne constitution que ne l'avait été le comte de Provence dans son opposition au retour des Parlements, et l'on verra bientôt, par ce que nous rapporterons de son manuscrit récemment publié, que ce fut réellement l'opinion de toute sa vie. Dans la même proclamation, il parla aussi, comme cela devait être, de sa clémence et de l'oubli des injures, n'y faisant qu'une exception, celle des juges de Louis XVI et de Marie-Antoinette; exception qu'il révoqua en 1814, mais qui fut à peu près rétablie par la loi d'amnistie de 1816. Louis XVIII passa ainsi à Vérone près de deux ans, sous le nom de comte de Lille, vivant avec une grande simplicité, mais s'occupant beaucoup de correspondances avec l'intérieur, où plusieurs de ses agents furent victimes de leur zèle (*v.* LEMAITRE, LXXI, 244, et VILLEURNOY, XLIX, 88). Il correspondait aussi avec les cours étrangères, qui ne daignaient pas toujours lui répondre, et qui s'obstinaient à ne lui donner d'autre titre que celui de comte de Lille; enfin il envoyait des instructions, des ordres qui n'étaient pas toujours exécutés, d'abord à son frère, alors en Angleterre, et qui ne pouvait guère faire autrement que d'obéir au ministère britannique; ensuite à son cousin, le prince de Condé, qui commandait une petite armée sur le Rhin, mais qui se trouvait placé sous les ordres immédiats des généraux autrichiens, et dont l'Angleterre payait la solde. Beaucoup d'événements funestes à la cause de Louis XVIII marquèrent les premières années de son règne; d'abord le désastre de Quiberon et la ruine de la Vendée, la mort de Stofflet et de Charette, puis la révolution du 13 vendémiaire (oct. 1795), où la faction révolutionnaire triompha, et dans laquelle se fit connaître pour la première fois l'homme qui devait mettre dans la balance politique un si grand poids contre l'avenir des Bourbons. Certes, Louis XVIII ne pensait guère alors que Bonaparte irait bientôt l'expulser de son dernier asile. Cependant six mois s'étaient à peine écoulés depuis que ce général avait triomphé des royalistes au 13 vendémiaire, que son approche vint épouvanter les Vénitiens et les faire manquer à toutes les lois de l'hospitalité et du droit des gens. Dans cette circonstance, Louis XVIII déploya encore beaucoup d'énergie et de noblesse. Le Sénat lui ayant intimé l'ordre de quitter les États de Venise, il déclara qu'il ne partirait qu'à condition de rayer de sa main six noms de sa famille inscrits sur le livre d'Or, et qu'on lui rendît l'épée dont Henri IV avait fait présent à la République. Les Vénitiens répondirent durement qu'ils rayeraient eux-mêmes les noms, et qu'ils rendraient l'épée quand ils auraient reçu douze millions, dont Henri IV était resté débiteur envers leur République. Les choses en restèrent là, comme on le pense bien, et, l'armée républicaine approchant de plus en plus, il fallut partir, sans trop savoir où l'on allait. Le régent se rappela alors que l'armée de Condé n'était séparée de lui que par quelques montagnes, et il prit aussitôt le parti de s'y rendre. Après avoir traversé les Alpes, à dos de mulet et sans autre suite que le fidèle d'Avaray et le vicomte d'Agoult, il arriva, le 28 avril 1796, à Riegel, petite ville des États de Bade, où se trouvait le quartier-général du prince. Cette époque est sans nul doute une des plus intéressantes de la vie de Louis XVIII, et elle est aussi dans l'histoire une des plus remarquables. Là se révèlent dans tout leur jour la haine et le mauvais vouloir des puissances envers les Bourbons. On ne peut pas douter que le régent n'eût déjà pénétré cette politique d'ambition et d'égoïsme qui, loin d'aspirer au rétablissement de la monarchie française, ne tendait qu'à l'affaiblir, à la démembrer, et pour cela ne voulait qu'y entretenir des dissensions et des désordres, en faisant alternativement triompher les partis opposés. Ce prince comprenait tout cela, nous en sommes assurés; mais, dans sa position, il ne pouvait que dissimuler; et, sous ce rapport, on ne niera pas qu'il n'ait été fort habile. Sentant bien que par les jalousies étrangères, autant que par celle de son cousin, le prince de Condé, il ne pouvait être que toléré à cette armée, son premier soin fut de s'effacer, de s'annihiler en quelque façon. Autant il avait cherché à se grandir, à paraître roi en quittant Vérone, autant il montra d'humilité en se présentant pour la première fois devant des Français qui combattaient pour sa cause, et qu'il avait le droit d'appeler ses sujets. Cependant il ne voulut y être qu'un simple gentilhomme, un soldat volontaire, qui venait servir sous les ordres de son cousin. Toutefois, il y passa quelques revues, et là il reprit son rôle de roi, qu'il chérissait par dessus tout. On raconte qu'un jour, se trouvant à cheval au bord du Rhin, et voyant les postes républicains sur l'autre rive s'occuper de sa présence, il leur adressa la parole, et fit entrer son cheval dans le fleuve, en criant aux soldats de la République : « Voilà votre roi, voilà votre souverain et votre père! » On ajoute même qu'il leur fit signe de la main, pour les empêcher de crier : *Vive le roi!* afin de ne pas les compromettre. Quelques personnes ont douté de la vérité de cette dernière circonstance; mais nous la regardons comme très-vraisemblable, si l'on considère l'opinion qui dominait alors dans toute la France, et qui même avait pénétré dans les armées, surtout dans celle de Pichegru. Ce général était depuis plusieurs mois en relations très-suivies avec le prince de Condé, et il n'avait pas dépendu de lui de faire proclamer par ses soldats la royauté de Louis XVIII. Plein de dévouement aux Bourbons, un libraire suisse (*v.* Fauche-Borel, LXIV, 1) avait eu le courage de venir au milieu de son quartier-général lui proposer de servir cette cause, et le général républicain n'avait pas hésité. Il avait même proposé des plans de restauration fort simples et qui offraient beaucoup de chances de succès; mais le prince de Condé, manquant de confiance, exigea des sûretés qu'on ne pouvait lui donner, et laissa ainsi échapper une des occasions les plus favorables que les Bourbons aient eues de remonter sur le trône. Après avoir d'abord très-prudemment recommandé que les Autrichiens ne sussent rien de ce projet, il multiplia tellement ses communications et ses rapports, que le général Wurmser finit par en être informé, et, ce qui est plus fâcheux, la cour de Vienne elle-même l'apprit par l'envoyé d'Angleterre, Wickam, à qui le prince de Condé en avait fait part, forcé qu'il y fut pour avoir de l'argent, ce véritable nerf de la guerre et des conspirations. C'est là qu'en étaient les choses quand Louis XVIII arriva. On croira sans peine qu'il voulut aussitôt prendre la direction de cette affaire, et qu'il se hâta d'en diriger la correspondance. Dans sa première lettre à Pichegru, ce général n'était rien moins qu'un Turenne, un Catinat, un maréchal de Saxe; et il lui fut promis des sommes considérables, le gouvernement de l'Alsace, un brevet de maréchal de France, la terre de Chambord, etc. Cependant le malheureux Pichegru n'avait rien demandé de tout cela; il s'était livré tout entier, sans défiance et sans arrière-pensée à des gens qui ne se fiaient point à lui et qui le perdirent par leur hésitation et leur incapacité. Peu soupçonneux et mauvais politique, il n'était pas même entré dans sa pensée que les Autrichiens, alliés, parents des Bourbons et combattant pour la même cause, pussent avoir des vues et des intérêts différents. Lorsque l'autrichien Wurmser eut les premiers indices de ses projets, et que, voulant en savoir davantage, il lui envoya son adjudant, le baron de Vincens, le confiant général de la République répondit au premier mot : « Que me dites-vous donc là! Il y a quatre mois que le prince de Condé est instruit de mes dispositions ». Quand le cabinet, que dirigeait alors Thugut, connut tout, cet astucieux ministre, songeant fort peu aux intérêts du roi de France, ne vit dans cette affaire qu'une bonne occasion pour l'Autriche de recouvrer la Lorraine et l'Alsace, dont Louis XVIII, en ce même moment, donnait le gouvernement à Pichegru... Wurmser prétendit même alors que Strasbourg devait lui être remis en garantie, et l'on peut être assuré que si une telle concession lui eût été faite, il n'eût pas plus rendu cette place à la République qu'au roi de France. Tout le dévouement et le zèle de Pichegru furent donc perdus pour les Bourbons le jour où les Anglais et les Autrichiens entrèrent dans ce complot; dès-lors ils voulurent en être les directeurs, les seuls maîtres; et, pour cela, leur première pensée fut d'éloigner Louis XVIII. Ce prince reçut de Wurmser une injonction positive de quitter son armée. Il se hâta de réclamer auprès de ce général; mais ce fut en vain. Alors il s'adressa à l'empereur lui-même, à l'archiduc Charles, qui venait d'arriver à l'armée. Sa lettre à ce dernier est un des plus curieux monuments de l'histoire contemporaine; cependant elle est peu connue, et par ce motif nous croyons devoir la reproduire ici tout entière :

« ..... Vous savez, mon cher cousin, « les raisons qui m'ont contraint à « quitter l'asile où je suis resté si « long-temps malgré moi, et à rem- « plir le vœu que je ne cessais de « former et que vous auriez formé à « ma place. J'en ai fait part à S. M. I.; « et M. le comte de St-Priest, qui est « chargé en ce moment de mes af- « faires auprès d'elle, m'a transmis le « désir qu'elle avait que je m'éloi- « gnasse de l'armée. J'ai répondu par « la lettre dont je remets la copie à « M. de Montgaillard (6), afin de ren- « dre celle-ci moins longue. La même « insinuation m'a été, peu de jours « après, transmise par M. le baron de « Summerhaw et par M. le maréchal « de Wurmser, auxquels j'ai répondu « qu'ayant écrit sur ce sujet à Vienne, « j'en attendais, avant tout, la ré- « ponse. J'ai reçu, avant-hier, une « lettre de M. de Saint-Priest, où il « me mande que les dispositions sont « toujours les mêmes, et qu'on lui a « même ajouté que, si je persistais à « demeurer à l'armée, on en vien- « drait, quoique à regret, à employer « les voies de la contrainte. Je ne « rapporte ce dernier article que « pour mieux vous témoigner mon « entière confiance; car vous pensez « bien que je connais trop le carac- « tère de l'empereur, pour supposer, « même un instant, qu'il voulût user « de pareils moyens. Vous jugez, « mon cher cousin, que si j'avais « cent bonnes raisons le 12 mai pour « rester à l'armée, à présent j'en ai « mille. La fin de l'armistice suffirait « seule; mais indépendamment de ce « motif, que votre âme appréciera « bien, il y en a de politiques et qui « sont du plus grand poids. Vous « avez vu toute la correspondance de « Pichegru; vous savez combien il a « désiré que je me rapprochasse, à « quel point il n'a cessé, depuis qua- « tre mois, d'insister à cet égard; « combien il a été satisfait de mon « arrivée, et l'effet qu'il dit que ma « présence a produit, et surtout com- « bien il regarde comme essentiel que « j'y demeure. Vous connaissez la vi- « vacité avec laquelle ce même désir « a été exprimé par différentes per- « sonnes qui servent à Paris les inté- « rêts de la cause commune. Vous « avez lu ce que Pichegru m'a transmis « à ce sujet, des nombreuses intelli- « gences qu'il a dans cette ville, et « parmi les premières autorités. Qui « mieux que vous peut faire sentir à « l'empereur la nécessité de ma pré-

(6) Nous ferons connaître à l'article MONTGAILLARD ce qu'était cet homme, en qui Louis XVIII mettait sa confiance.

« sence à l'armée! J'aurais bien voulu « traiter cette affaire directement avec « lui; mais des raisons que vous savez « sans doute, lui ont fait désirer que « je ne lui écrivisse pas moi-même. « Heureusement c'est à un autre lui-« même que je puis m'adresser; et pour « vous mettre à votre aise, je retran-« che tout cérémonial, et je vous prie « d'en user de même en me répon-« dant. Je vous dirai même que je « regrette de ne m'être pas mis plus « tôt au-dessus de cette bêtise; car « c'est elle qui m'a empêché de vous « écrire en arrivant ici. Je vous prie « donc, avec toute la confiance que « me donne l'amitié que vous m'avez « inspirée, dans le peu que je vous ai « vu, les liens du sang qui nous unis-« sent, et la conviction où nous som-« mes tous les deux de l'importance « dont il est pour le présent et le « futur, que l'union de l'Autriche et « de la France soit plus étroite que « jamais, de faire sentir à l'empereur « tous les avantages de ma présence « à l'armée, et les maux incalculables « qui résulteraient de mon éloigne-« ment. Vous êtes mon proche pa-« rent; vous m'avez témoigné de l'a-« mitié : cet éloignement reculerait la « fin de mes malheurs; vous aimez la « gloire, il nuirait à la mienne; vous « êtes frère de l'empereur, ses inté-« rêts en souffriraient; vous avez « l'âme sensible, de nouveaux torrents « de sang en seraient le fruit. Il est « impossible que ces considérations, « présentées par vous, avec cette « énergie qui vous est propre, ne « fassent sur l'âme élevée de S. M. I. « l'effet que j'en attends. Si vous pen-« siez qu'il fût utile de mettre ma « lettre même sous ses yeux, vous en « êtes absolument le maître. Si même, « par la suite, l'empereur voulait « adopter cette forme, qui évite tout « embarras, nous pourrions commu-« niquer directement ensemble, et « cela ne pourrait avoir que de grands « avantages. Vous voyez, mon cher « cousin, avec quelle confiance je « vous parle; je vous prie d'y répondre « par une pareille. Adieu, je vous em-« brasse avec toute l'amitié que vous « me connaissez pour vous. » Tout, dans cette lettre, nous semble d'une parfaite convenance, tous les motifs en sont vrais et les expressions en même temps énergiques et mesurées. Dans celle que le roi écrivit au comte de St-Priest à Vienne, et que l'archiduc dut également connaître, Louis XVIII alla plus loin. « Si je renonçais, « dit-il, aux avantages que présente « ma position, pour le succès de ma « cause et l'intérêt des puissances, en « m'éloignant volontairement de l'ar-« mée, j'imprimerais sur moi un ca-« ractère d'inconséquence qui détrui-« rait la considération qu'il m'est si « essentiel de conserver. En vain « chercherais-je à faire accroire que « cette mesure fût volontaire de ma « part : elle est trop contraire aux « principes qui doivent me diriger, « pour que la France et l'Europe entière « n'y voient pas l'effet d'une force irré-« sistible; et la conviction qui s'établi-« rait à cet égard dans les esprits *ins-« pirerait aux Français une défiance « des vues ultérieures de S. M. I., qui « augmenterait leur résistance d'une « manière incalculable.* » Ces admirables missives, si dignes d'un roi dans l'infortune, n'obtinrent pas même une réponse, et il fallut partir, il fallut abandonner ces négociations avec Pichegru, qui pouvaient avoir de si grands résultats pour la cause des royalistes français, si elles fussent restées dans leurs mains, mais qui, tombées dans des mains étrangères, furent bientôt révélées à leurs ennemis, par des hommes cupides, et la négligence ou peut-être la perfidie du général autrichien Klinglin qui les laissa prendre dans ses fourgons, ou qui les livra lui-même. Louis XVIII s'éloigna le 11 juillet 1796, à onze heures du soir, après avoir fait ses adieux à son armée par un ordre du jour fort digne, fort touchant, et lorsque déjà un corps autrichien s'était mis en mouvement pour l'y contraindre... Suivant au hasard les rives du Danube, ou les étroites vallées de la Forêt-Noire, ce prince ne savait réellement point de quel côté il devait tourner ses pas. « Il ne sait, il n'a pas où reposer sa tête, » écrivait son ami, le comte d'Avaray. C'est ainsi qu'il arriva à Dillingen, petite ville de la Bavière, alors occupée par les troupes autrichiennes; et c'est là que se commit sur sa personne un crime odieux, et dont l'histoire ne peut encore que soupçonner l'auteur et les motifs. Le roi venait de se mettre à une fenêtre extérieure de l'auberge où il était descendu, ayant auprès de lui le duc de Fleury. Il faisait clair de lune, et la tête du prince était éclairée par des lumières placées sur une table. Un quart d'heure s'était à peine écoulé, lorsqu'un coup de carabine partit de l'obscurité d'une arcade en face de la fenêtre. La balle atteignit le roi au-dessus de la tête, frappa le mur, et vint retomber dans la chambre, où elle fut trouvée. Au mouvement que fit le prince, le duc de Fleury jeta un cri qui attira le duc de Grammont et le comte d'Avaray. Tous, voyant leur maître couvert de sang, le crurent mortellement blessé. — « Rassurez-vous, leur dit-« il, ce n'est rien. — Ah! sire, s'écrie « le comte d'Avaray, si le misérable « avait tiré une ligne plus bas! — Eh « bien, mon ami, dit Louis XVIII « avec tranquillité, une ligne plus « bas, et le roi de France s'appelait « Charles X. » Le lendemain, il continua sa route, la tête enveloppée de linge, et il se dirigea vers les États de Brunswick, où le duc lui avait offert son château de Blankembourg, auquel il préféra un appartement très-simple dans la maison d'un particulier, qui continua d'en habiter le rez-de-chaussée. Cette maison était fort étroite, incommode, et il fallut y loger toute la suite du roi de France, qui n'était pas nombreuse, il est vrai. Madame de Balbi y parut un instant; mais elle déploya un luxe qui contrastait tellement avec la détresse commune, que le roi lui-même se crut obligé de l'éloigner. Pendant ce temps, les événements, en France, avaient été peu favorables à la cause de Louis XVIII. Réduit à les observer de plus loin, ce prince continuait cependant à y prendre beaucoup de part. Dès-lors persuadé que par la voie des armes et surtout par l'intervention des étrangers, il ne réussirait pas à recouvrer sa couronne, il revint aux plans de contre-révolution par la persuasion et les voies légales. L'état politique de la France était, on ne peut le nier, extrêmement favorable à ce système. Les déceptions, les crimes de la révolution, avaient jeté dans tous les esprits une lassitude, une indignation, qui faisaient désirer par tous les gens sensés le retour de la monarchie. Mais il fallait que ce mouvement des esprits fût secondé, dirigé par des mains habiles. Louis XVIII avait assurément toute l'intelligence et la capacité nécessaires, mais il manquait de moyens d'action, et si les circonstances venaient à l'exiger, ce qui était probable, il eût fallu qu'un chef militaire, un prince surtout pût se mettre à la tête du mouvement. Sous ce rapport,

Louis XVIII ne sentait que trop son insuffisance, non qu'il fût dépourvu de courage, mais sa complexion physique ne lui permettait plus de se mouvoir qu'avec peine, et il lui devenait impossible de monter à cheval. Aucun autre prince de sa famille ne s'était fait une réputation militaire, si ce n'est dans la branche de Condé; mais le chef de cette maison, très-brave personnellement, n'avait en politique que des vues étroites, et l'on avait quelques raisons d'attribuer à son impéritie et à son avarice les mauvais résultats de l'affaire de Pichegru. La réputation et le dévouement de ce général, son influence sur l'armée, offraient de grandes espérances; mais par suite de ses liaisons avec le parti royaliste, il venait de perdre son commandement. Le Directoire, informé de ces liaisons, l'avait éloigné de l'armée, en lui offrant un emploi diplomatique (l'ambassade de Suède), qu'il avait refusé, pour se retirer à Arbois, sa ville natale, et y vivre paisiblement. Ce fut alors (mars 1797) que le département du Jura le nomma un de ses députés au Corps législatif. Cette circonstance, très-favorable au parti royaliste, dans un temps où ce parti ne voulait arriver au pouvoir que par des voies légales, et des moyens de conciliation, combla de joie Louis XVIII; et lorsque ce prince vit Pichegru accueilli au Corps législatif avec le plus grand enthousiasme et porté à la présidence, dès les premières séances, par une immense majorité, il en conçut les plus belles espérances. Mais ce général, d'une bravoure à toute épreuve, était peu entreprenant. Son ambition était bornée et ses vues politiques de peu d'étendue. Au milieu de tous ces applaudissements et de tant de témoignages de la faveur publique, il se regarda comme fort en sûreté, et ne s'aperçut pas que ses ennemis travaillaient en secret à sa ruine. D'ailleurs il était retenu, lui et ses amis du Corps législatif, dans les limites de la légalité et d'une extrême réserve, par les ordres et les instructions de Louis XVIII, qui alors ne voulait recouvrer la couronne que par les voies de la modération, sans violence, sans effusion de sang; système excellent dans un temps ordinaire, mais alors tout-à-fait impraticable. En considérant ce système dans des vues d'humanité et de philantropie, et surtout en le comparant aux violences, aux cruautés de la révolution, il est impossible de ne pas y applaudir; mais à une pareille époque, au milieu de la fureur des partis, il était peu raisonnable d'en attendre quelque succès. Nous ne pensons pas qu'il se trouve dans l'histoire une seule révolution qui se soit faite ainsi. Louis XVIII se croyait pourtant assuré du succès; et toutes ses pensées, toutes ses actions, tendaient à ce but. Il nomma son principal ministre, le duc de Lavauguyon, qui lui avait proposé depuis longtemps des plans analogues (*v.* Lavauguyon, LXX, 463). Mais la catastrophe du 18 fructidor vint bientôt faire cesser toutes les illusions; et lorsque le Corps législatif, sur lequel on avait tant compté, eut été dispersé par les soldats du Directoire; lorsque Pichegru lui-même eut été enchaîné et transporté aux déserts de la Guiane, il fallut bien reconnaître l'impuissance de cette politique expectante; il fallut revenir à l'ancienne routine, et une révolution s'opéra enfin dans le ministère de Louis XVIII. Lavauguyon fut remplacé par M. de Saint-Priest, que l'on rappela de Vienne. De nouvelles instructions furent envoyées à Monsieur, comte d'Artois, en Angleterre, d'où ce prince dirigeait toutes les relations avec la Bretagne, la Vendée, et les côtes de l'Océan, tandis que son frère surveillait celles de l'Est et de la capitale, par les soins de Précy, et surtout de Dandré, en qui il avait mis sa confiance, malgré les plaintes et les réclamations des royalistes, qui ne pouvaient comprendre qu'un des chefs du parti révolutionnaire à l'Assemblée constituante fût alors un ministre du roi (*v.* DANDRÉ, LXII, 80). Ce prince se déchargeait sur lui de beaucoup de soins qu'il n'aimait pas à prendre lui-même, et auxquels il préféra toujours des occupations littéraires. Dans ce temps là il s'occupa beaucoup de l'ancien contrôleur des finances, Calonne, qui avait osé attaquer dans son *Tableau de l'Europe*, quelques expressions des déclarations et manifestes de S. M., prétendant que, dans ces pièces officielles, il y avait des idées trop monarchiques, et devenues impraticables; que d'ailleurs, avant 1789, la France n'avait point de constitution, et qu'ainsi l'on ne pouvait pas y revenir; il alla jusqu'à nier la loi salique. Le roi, très-piqué de cette contradiction, chargea de réfuter Calonne, le célèbre Montyon, qui répondit au contrôleur-général par un gros volume très-savant, très-érudit, et dans lequel il établit parfaitement l'existence d'une constitution avant 1789, et finit par déclarer que s'il n'y en avait pas, la révolution était justifiée, toute nation y ayant droit, mais que c'était précisément parce que la France en avait une beaucoup meilleure que tout ce que l'on avait voulu mettre à sa place, qu'il fallait y revenir. Cette polémique fut long-temps le sujet des conversations de Blankembourg. Mais Louis XVIII trouva alors une occasion plus favorable encore de manifester ses opinions sur les anciennes lois de la monarchie, et de prouver l'attachement qu'il leur portait. Le chevalier de Lacoudraye, gentilhomme du Poitou, avait autrefois rédigé des cahiers ou pouvoirs donnés par la noblesse de cette province (*v.* LACOUDRAYE, LXIX, 308) à ses députés aux États-Généraux. Il publia en Allemagne, à cette époque, le texte de ces mêmes cahiers, afin d'établir que la noblesse du Poitou y avait donné une grande latitude et proposé des concessions qui auraient dû satisfaire le parti de la révolution. Louis XVIII trouva qu'en effet ces concessions étaient fort grandes, que même elles étaient subversives de notre ancienne constitution, et qu'ainsi la noblesse n'avait pas eu droit de les faire. A l'instant même il composa un ouvrage fort remarquable pour soutenir cette doctrine. De telles opinions de sa part ne pouvaient pas étonner ses familiers, ceux qui depuis long-temps l'avaient entendu dans toutes les occasions professer les principes les plus monarchiques; mais elles devaient causer une grande surprise dans le public, où il s'était fait depuis long-temps une réputation de libéral et presque de révolutionnaire. Comme cette réputation équivoque lui avait été souvent fort utile, et comme il était aisé de prévoir qu'il pourrait bien encore un jour en tirer parti, il ne publia pas cet ouvrage dans l'étranger, et bien moins encore en France, quand il y eut donné, ou qu'il se fut laissé imposer, comme on le verra plus tard, une constitution tout-à-fait différente de l'ancienne monarchie. Alors il oublia probablement, et son manuscrit et ses opinions de Blankembourg; on doit même présumer qu'il le crut tout-à-fait perdu. Mais le hasard l'a fait retrouver en 1830 (on suppose que ce fut dans le sac des Tuileries), et il a été imprimé, en 1839, avec une notice historique fort intéressante, où M. Martin Doisy juge les opinions et la conduite de ce prince avec des principes et une sévérité que nous ne partageons pas ; bien que nous pensions que, sous beaucoup de rapports, cette notice mérite d'être lue et consultée. C'est, sans nul doute, un des livres les plus curieux que l'on ait publiés de nos jours, et il n'en est pas qui explique aussi bien, qui fasse mieux connaître le caractère et les secrets motifs de la politique de Louis XVIII. Mais pendant que ce prince, confiné dans un coin de l'Allemagne, s'amusait à faire l'apologie de nos anciennes lois, la Révolution, qui les avait renversées, allait toujours triomphant. L'Italie entière était envahie, et l'Allemagne tout près de l'être ; bientôt le roi de France allait encore une fois se voir contraint de chercher un asile plus éloigné. Tout le continent était près de lui manquer, et il avait toujours refusé d'aller en Angleterre. Alors il se rappela que le prince de Condé, qui avait autrefois reçu Paul Ier à Chantilly, conservait des relations d'amitié avec ce souverain ; il communiqua ses vues à son cousin ; la demande fut faite ; et bientôt l'ambassadeur de Russie à la cour de Saxe annonça au roi de France que le czar lui donnait un asile et prenait à sa solde l'armée de Condé. Le comte de Schouvalow, aide-de-camp de Paul Ier, vint au-devant du prince exilé, avec la mission de l'accompagner jusqu'à sa nouvelle résidence, le château de Mittau, en Courlande, où il arriva le 23 mars 1798. Là, ce malheureux prince retrouva du moins quelques consolations et des apparences de royauté qui le flattèrent toujours beaucoup. Cent gardes-du-corps de ceux qui avaient servi Louis XVI, et qui vivaient dispersés dans l'émigration, vinrent reprendre avec joie leur service auprès de son frère. Le cardinal de Montmorency fut son grand-aumônier, et les ducs de Guiche, de Villequier, de Fleury, les comtes d'Avaray, de Saint-Priest, de Cossé-Brissac, lui formèrent une espèce de cour. La reine, qui depuis huit ans était séparée de son royal époux, vint l'y joindre ; et ce qui ajouta peut-être encore davantage au bonheur de l'auguste famille exilée, c'est que la fille de Louis XVI put aussi se rendre auprès de lui. Échangée, en 1795, contre les conventionnels que Dumouriez avait livrés aux Autrichiens, et les diplomates Maret et Semonville, cette princesse avait été retenue à Vienne, malgré sa volonté bien formelle de se réunir à sa famille, et de suivre les intentions de son père en épousant le fils du comte d'Artois. Privée de toute communication avec ses plus proches parents, même avec tous les Français, elle s'écria plus d'une fois : « Je n'ai « donc fait que changer de fers ! » Les motifs de cette incroyable violence envers une princesse si malheureuse expliquent encore d'une manière bien triste et trop manifeste ce que fut la politique des puissances envers les Bourbons. La fille de Marie-Antoinette, la cousine de l'empereur, déploya, dans cette circonstance, le plus beau caractère ; et après trois ans d'une captivité moins dure, sans doute, que celle du Temple, mais dont les causes ne sont que trop faciles à pénétrer, elle arriva à Mittau le 4 juin 1798, et se jeta dans les bras de Louis XVIII, en s'écriant : « Vous êtes mon père ». Le lendemain, il la présenta à son neveu, le duc d'Angoulême, en disant ces simples paroles : « La voilà ». Et, huit jours plus tard, ils furent unis, ce qui prouve que ce mariage était convenu dès long-temps, et qu'une politique peu généreuse avait seule pu le retarder. Une circonstance remarquable ajouta encore à la solennité, à la sainteté de cette union, c'est que l'abbé Edgeworth de Firmont, le même qui avait accompagné Louis XVI à l'échafaud, qui avait dit ces paroles sublimes : *Montez au ciel, fils de saint Louis,* fut chargé de la célébration. Le contrat, signé par Paul Ier et par l'impératrice, fut déposé aux archives du Sénat russe. Ce prince était alors plein de zèle et de dévouement pour les Français royalistes. Il avait autrefois été si bien reçu, si bien fêté à Versailles, à Chantilly et dans toute la France, qu'il avait parcourue et admirée au temps de sa splendeur! Il détestait d'autant plus la Révolution et ceux qui avaient détruit un si bel empire. Dans son enthousiasme, il conçut l'idée chevaleresque de se mettre à la tête d'une croisade contre la Révolution ; et l'Autriche, l'Angleterre furent bientôt ses alliées. Cent mille Russes furent dirigés vers le Rhin et l'Italie, sous les ordres de Suwarow; et, en moins de trois mois, la Péninsule fut rendue aux Autrichiens, qui, sur ce point, secondèrent assez bien leurs alliés. Mais, d'un autre côté, l'empereur Paul eut bientôt à s'en plaindre amèrement, particulièment en Suisse, où Masséna obtint de grands succès contre les Autrichiens et les Russes réunis. Tous ces torts furent encore aggravés auprès du czar, qui eut même un reproche plus grand à faire à l'Autriche, ce fut d'avoir pris possession des États du roi de Sardaigne en son nom, au lieu de les rendre au souverain légitime, comme il avait été convenu par le traité d'alliance. Fort mécontent de ce manque de foi, encore plus que de la défaite de ses troupes, le czar en conçut une telle irritation, qu'il ordonna à Suwarow de lui ramener sur-le-champ son armée, et qu'il destitua, invectiva ce malheureux général, dont tout le tort était d'avoir été témoin et victime d'infractions à des traités qu'il n'avait pas faits, et dont il est même probable qu'il ne connaissait ni le but ni les conditions. Dans sa colère, ou plutôt dans son délire, Paul Ier alla plus loin; il imputa ces torts aux Français émigrés, qui certes y étaient encore plus étrangers que Suwarow. Le roi, Louis XVIII, et tous les siens, tous les soldats du prince de Condé furent, à l'instant même, expulsés des États russes. Au milieu de l'hiver, dans ce rude climat, il fallut qu'un vieillard infirme, sans préparatifs et sans précautions contre le froid et les besoins de tous les genres qui allaient l'assaillir, quittât le palais de Mittau, où il résidait si paisiblement depuis près de deux ans. Et le jour de ce cruel départ fut précisément le 21 janvier. Ainsi, huit ans après la mort de Louis XVI, commença pour son frère cette nouvelle série de calamités ! Comme on a déjà pu le remarquer, ce fut toujours dans de pareilles circonstances que ce prince se montra réellement grand et digne de son rang. Les détails de ce déplorable voyage furent peu connus en France. Jamais la presse n'y avait été plus complètement asservie. Ce fut par une gravure de M. de Paroy qu'un petit nombre de fidèles en connut les circonstances les plus touchantes. Cette gravure fut poursuivie avec beaucoup de rigueur par la police consulaire, qui pourtant ne put l'empêcher de circuler. Le malheureux roi y était représenté marchant dans la neige, appuyé sur le bras de sa nièce, qui portait, cachés sous ses vêtements, tout ce qu'elle avait pu enlever à la hâte de plus précieux. Des accidents imprévus ajoutèrent encore aux souffrances de ce pénible voyage. Une tempête violente accueillit, sur les rivages de la mer qu'ils côtoyaient, les augustes voyageurs, et ils ne purent continuer leur route en voiture. Le roi, qui soulevait à peine ses pieds appesantis par les ans et la rigueur du climat, se trouva long-temps environné d'un nuage humide et glacé, qui aveuglait les hommes et les chevaux. Ignorant les chemins, et marchant au hasard, ils arrivaient le soir dans de misérables auberges, où le roi de France passait la nuit pêle-mêle avec des paysans, espèces de sauvages au milieu desquels, cependant, il était plus en sûreté, qu'il ne l'eût été dans des cités populeuses. Après cinq jours de route, ils atteignirent enfin Memel. A peine leur avait-on laissé le temps, en partant de Mittau, d'emporter les choses les plus nécessaires à la vie ; tous les besoins vinrent les assaillir à la fois ; et ils étaient sans argent ! Madame mit en gage ses diamants, et des juifs lui prêtèrent deux mille ducats. C'était tout le bien de l'auguste famille ; et ce fut dans ce moment que la compagnie des gardes-du-corps, que l'on avait laissés à Mittau, pensant qu'ils y seraient traités avec moins de rigueur que leur maître, parut tout entière à ses yeux dans un état déplorable. Ils avaient été chassés de la manière la plus inhumaine, comme des malfaiteurs. A cette vue, le roi et sa nièce ne purent retenir leurs larmes; et ils partagèrent encore leur dernière ressource avec ces infortunés, qui, presque tous, étaient des vieillards infirmes. « Voilà la quatrième fois, écri« vit alors M. d'Avaray, que nous « sommes à n'avoir pas de quoi vivre « pendant deux jours! » Et ils ne savaient pas où ils pourraient trouver un asile. Tout le continent était envahi ou dominé par la terreur. On a vu ce qui devait les attendre en Autriche, et Louis XVIII ne voulait pas aller en Angleterre ; il avait toujours eu beaucoup d'éloignement pour ce pays. La Prusse lui rappelait trop les déceptions de 1792, et son alliance plus récente avec la France républicaine. C'était cependant dans ce pays que l'on arrivait, et il allait devenir impossible de faire un pas sans la permission du cabinet de Berlin. Ce fut dans cette position difficile que Madame eut la pensée d'écrire à la reine de Prusse, qui méritait si bien la confiance de la fille de Louis XVI. Une réponse tout-a-fait digne des deux princesses ne se fit pas attendre ; et les augustes voyageurs purent aller s'établir à Varsovie, qui obéissait alors au roi de Prusse. Si le temps que la famille royale passa dans ce nouvel asile n'est pas le moins pénible de son émigration, il en est au moins le plus honorable. C'est l'époque où les augustes exilés coururent les plus grands dangers; et c'est aussi l'époque où ils déployèrent le plus beau caractère. Dès leur arrivée, les grands seigneurs de la Pologne, les Poniatowski, les Czartoryski, toujours pleins de zèle et d'estime pour les Français de tous les partis, se montrèrent fort empressés auprès d'eux; mais l'influence de ces illustres Polonais et leur crédit à Berlin étaient bien faibles. Ils ne purent faire pour la famille royale de France que de stériles vœux. Cette famille vivait, au reste, de la manière la plus modeste, et ses besoins étaient peu considérables. Il ne lui était resté qu'un modique subside de la cour d'Espagne, et elle le trouvait suffisant. Quand Alexandre monta sur le trône, après la mort de Paul Ier, il rétablit la pension que Louis XVIII avait reçue de son père. Ainsi l'auguste famille n'eut plus à demander au roi de Prusse que repos et sécurité; mais il ne dépendait pas entièrement de ce prince de lui assurer l'un et l'autre. Bien que l'un des premiers alliés de la France républicaine, il avait tout à redouter de la turbulence, des prétentions sans mesure de son gouvernement; et le danger était devenu plus pressant encore, depuis que Bonaparte avait saisi le pouvoir, depuis qu'il avait vaincu l'Autriche et reconquis l'Italie. La première pensée de Louis XVIII, lorsqu'il le vit ainsi triomphant, fut de le faire sonder, pour savoir s'il ne serait pas disposé à le rétablir sur le trône; c'était, on le sait assez, une espèce de manie de sa part. Depuis Mirabeau jusqu'à Napoléon, il n'y avait pas eu en France un homme puissant et de quelque influence à qui le monarque fugitif ne se fût adressé secrètement pour réclamer sa couronne. Aucun refus n'avait pu le rebuter, et il revenait toujours à la charge (7). Après Mirabeau, il est bien sûr qu'il eut des rapports avec Barnave, qu'ensuite il écrivit à Dumouriez, et après Dumouriez, il est aussi très-sûr qu'il se mit en rapport avec Robespierre lui-même (8), puis avec Barras. Il fit encore la même demande et les mêmes propositions à Napoléon, dès que celui-ci arriva au congrès de Radstadt, en **1798**; mais il fut très-mal accueilli. Cependant il ne se rebuta pas, et revint à la charge en **1801**, par l'entremise du troisième consul Lebrun, ancien ami et collègue de l'abbé de Montesquiou, qui était alors un des commissaires du roi à Paris (9). Les

(7) Cette persévérance, du reste assez concevable de Louis XVIII, à demander à tout venant sa couronne, était tellement connue dès ce temps-là dans l'émigration, que l'on y avait composé une chanson satirique assez piquante sur l'air : *Rendez-moi mon écuelle de bois*.

(8) Le député Courtois, qui fut chargé par la Convention nationale, après le 9 thermidor, de lui faire un rapport sur les papiers saisis chez Robespierre, a confié à plusieurs personnes qu'il possédait des lettres écrites à Robespierre par Louis XVIII, et l'on sait que la possession de ces lettres fut pour lui une cause de persécution en 1815 (*voy.* COURTOIS, LXI, 496). Nous pouvons affirmer que l'académicien Laya, qui avait été le collaborateur de ce conventionnel pour son rapport à la Convention, a dit à beaucoup de monde, et nous a dit à nous-mêmes, qu'il avait vu, parmi les papiers de Robespierre, plusieurs lettres autographes de Louis XVIII. Nous ne dirons pas, comme on l'a prétendu en 1815, dans de ridicules brochures, que ce prince ait conseillé ou ordonné les plus grands crimes de cette époque; il demandait tout simplement à Robespierre, comme il l'avait demandé à Dumouriez, comme il le demanda plus tard à Barras et à Bonaparte, qu'ils voulussent bien l'aider à remonter sur le trône. Il était alors persuadé, avec quelque raison, que cela ne se ferait jamais par la voie des armes et le secours des étrangers, et il voulait à tout prix y remonter. Quand la Restauration est venue, il ne s'est point caché des demandes en ce genre qu'il avait adressées à Bonaparte. Ces demandes ne contenaient rien, il est vrai, qui ne pût être mis au grand jour; mais on a lieu de croire qu'il n'en était pas de même des autres, et c'est pour cela que, dès son retour à Paris, son premier soin fut de les faire rechercher dans toutes les archives. Au ministère de la guerre, on trouva celles de Dumouriez, et nous y en avons vu la trace. On peut voir, à l'article *Courtois*, ce qui fut fait pour saisir la correspondance avec Robespierre. C'est surtout à cette circonstance qu'un ministre de ce temps-là dut sa faveur auprès de Louis XVIII. Cependant, malgré tant de soins et de recherches, les lettres de ce prince à Robespierre n'ont pu être saisies, et l'on croit qu'elles existent encore. Nous désirons vivement, dans l'intérêt de l'histoire, qu'elles soient un jour publiées.

(9) L'agence de Paris, qui correspondait avec Louis XVIII par l'entremise de Dandré, était dirigée par MM. Royer-Colard, Clermont-

deux lettres qu'il écrivit étaient fort dignes et fort convenables à tous égards. Voici le texte de la seconde : « Depuis long-temps, général, vous « devez savoir que mon estime vous « est acquise. Si vous doutiez que je « fusse susceptible de reconnaissance, « marquez votre place; fixez le sort « de vos amis. Quant à mes princi- « pes, je suis clément par caractère; « je le serais encore par raison. Non, » le vainqueur de Lodi, de Casti- « glione, d'Arcole, le conquérant de « l'Italie et de l'Égypte ne peut pas « préférer à la gloire une vaine célé- « brité. Cependant vous perdez un « temps précieux; nous pourrions as- « surer la gloire de la France; je dis « *nous*, parce que j'ai besoin de Bona- « parte pour cela, et qu'il ne le pour- « rait pas sans moi. Général, l'Euro- « pe vous observe, la gloire vous at- « tend, et je suis impatient de rendre « la paix à mon peuple. » Bourrienne, qui cite cette lettre, dit que Bonaparte songea long-temps à y faire une réponse, et que sa femme et sa belle-fille le pressèrent vivement en faveur des Bourbons, mais qu'il finit par leur dire que ces princes ne pouvaient rentrer en France que sur cent mille cadavres, et qu'il fallait que les femmes *se mêlassent de tricoter*. On a assez vu depuis combien ces appréhensions de la vengeance des Bourbons étaient peu fondées. Nous ne pensons pas que Bonaparte ait eu recours sérieusement à ce lieu commun du parti révolutionnaire, et l'on verra qu'il avait bien d'autres motifs pour refuser son appui à la restauration de l'ancienne dynastie. L'aspect de nos révolutions et de nos désordres lui avait fait connaître depuis long-temps combien sont vaines les théories qui, depuis un demi-siècle, séduisent et abusent les peuples. Vainqueur de tous les partis, il voyait à ses pieds et les hommes de l'ancienne monarchie, accablés, fatigués par l'anarchie, et les fauteurs de la révolution, qui avaient poursuivi, assassiné, spolié les prêtres et les rois, et qui maintenant demandaient à se prosterner devant eux. Bonaparte comprit tout cela, et, pour nous servir de l'expression pittoresque de Fontanes, il vit combien il était aisé de ramasser cette couronne *tombée dans la boue*. Il vit également, avec son admirable sagacité, qu'il y aurait plus de facilité et de sûreté à la saisir, à la garder pour lui, que de la donner à d'autres. Cependant il existait encore en Europe dix princes vivants de cette maison royale qu'il voulait remplacer. Si l'aîné de ces princes n'était pas reconnu roi par tous ses sujets, beaucoup lui restaient encore très-affectionnés, et lui-même tenait peut-être plus à la couronne, dont il était privé, que s'il l'eût réellement possédée. Bonaparte ne connaissait aucun de ces princes; mais il se flatta qu'accablés par l'adversité, désespérant de l'avenir, ils accueilleraient sans peine l'espoir d'un dédommagement pour des avantages fort éventuels. Depuis les

Gallerande, Becquey et les abbés de Montesquiou, de Grangeac, etc. Toutes les fonctions de ces commissaires se bornaient à informer ce prince de ce qui pouvait l'intéresser et à lui donner des avis sur ce qu'il devait faire. Quelques autres personnes concoururent encore à cette correspondance dans la dernière année. On sait que Louis XVIII et ses agents ne firent jamais, contre les divers gouvernements révolutionnaires, rien qui pût être désavoué par l'honneur. Bonaparte leur a rendu cette justice dans le *Mémorial de Sainte-Hélène*. Cette agence était tout-à-fait différente de celle du comte d'Artois, que dirigeaient, sous l'influence du ministère anglais, le chevalier de Coigny, les abbés Ratel, Godard, etc. Ce fut de celle-là que partirent la machine infernale du 3 nivôse et la conspiration de Pichegru et Georges.

victoires de Marengo et d'Hohenlinden, toutes les puissances fléchissaient devant lui, et la Prusse, plus que les autres. Déjà elle avait fait arrêter à Bareuth quelques malheureux émigrés correspondants de Louis XVIII, et elle avait livré leurs papiers à la police de Bonaparte (*voy.* Beurnonville, LVIII, 211, et Imbert-Colomès, XXI, 202). Son ministère, dirigé par Haugwitz (*voy.* ce nom, LXVI, 478), était tout dévoué au consul, et ce fut par les ordres de ce ministre, qu'un M. Meyer se présenta, le 26 février 1803, devant le roi Louis XVIII, et lui fit, dans des termes formels, de la part de Bonaparte, la proposition de renoncer au trône de France et d'y faire renoncer les princes de sa famille. Pour prix de ce sacrifice, le consul promettait une brillante indemnité, même le trône de Pologne, ce qui était assez remarquable de la part d'un agent du roi de Prusse, qui possédait Varsovie. Voici la réponse de Louis XVIII : « Je ne confonds « pas M. Bonaparte avec ceux qui « l'ont précédé; j'estime sa valeur, « ses talents militaires; je lui sais « gré de plusieurs actes d'adminis- « tration, car le bien que l'on fera « à mon peuple me sera toujours « cher; mais il se trompe, s'il croit « m'engager à transiger sur mes « droits. Loin de là, il les établirait « lui-même, s'ils pouvaient être liti- « gieux, par la démarche qu'il fait en « ce moment. J'ignore quels sont les « desseins de Dieu sur ma race et sur « moi; mais je connais les obliga- « tions qu'il m'a imposées par le rang « où il lui a plu de me faire naître. « Chrétien, je remplirai ces obliga- « tions jusqu'à mon dernier soupir; « fils de saint Louis, je saurai, à son « exemple, me respecter jusque dans « les fers; successeur de François Ier, « je veux du moins pouvoir dire, « comme lui : *Tout est perdu, fors* « *l'honneur !* » Cette lettre, à laquelle tous les princes de la maison de Bourbon donnèrent leur adhésion, ayant été remise à l'envoyé prussien, cet envoyé chercha à inspirer au roi quelques craintes sur les dangers auxquels l'exposait son refus, et il lui représenta que les souverains qui lui accordaient des subsides pourraient être contraints de les interrompre; ce fut alors que Louis XVIII répondit avec plus de force et de noblesse encore: « Je ne changerai rien à ma ré- « ponse. Monsieur Bonaparte aurait « tort de s'en plaindre; si je l'avais « appelé rebelle et usurpateur, je « n'aurais dit que la vérité! Il exigera « peut-être qu'on me retire l'asile qui « m'est donné; je plaindrai le souve- « rain qui se croira forcé d'obéir, et « je m'en irai. Je ne crains pas la pau- « vreté; s'il le fallait, je mangerais du « pain noir avec ma famille et mes « fidèles serviteurs. Mais ne vous y « trompez pas, je n'en serai jamais « réduit là. J'ai une autre ressource, « dont je ne crois pas devoir user tant « que j'aurai des amis puissants; « c'est de faire connaître mon état en « France, et de tendre la main, non « au gouvernement usurpateur, cela « jamais; mais à mes fidèles sujets; « et, croyez-moi, je serai bientôt « plus riche que je ne le suis. » C'était bien là, il faut en convenir, parler et agir en roi; et, si l'on se reporte à la position où ce roi se trouvait, si l'on pense à la puissance, à la haine de Bonaparte, à la faiblesse, à l'avilissement du gouvernement prussien, si l'on songe à ce qui pouvait résulter de toutes ces circonstances réunies, on trouvera dans la conduite de Louis XVIII, qui, certes, connaissait tous les dangers de sa position, autant d'élévation que de courage, de ce courage plus admirable et plus rare que celui du champ de bataille. Un peu plus tard, on revint à la charge, avec des intentions plus sinistres. Cette fois, ce furent des agents secrets, arrivés de Paris, et qui ne devaient montrer les pouvoirs qu'ils tenaient de Napoléon qu'en cas d'acceptation. Ils offrirent positivement le trône de Pologne, disant avec flatterie à Louis XVIII qu'il était digne de rendre ce royaume à sa splendeur. La réponse fut la même qu'à l'envoyé prussien. Les délégués de l'usurpateur, embarrassés, demandèrent à Paris de nouvelles instructions, et il leur fut prescrit *d'enlever de vive force le prétendant.* « Vous tâcherez « aussi, portait la dépêche, de vous « emparer des papiers de Lachapelle, « et de Lachapelle lui-même, ainsi « que de M. d'Avaray. Assurez-vous « des commis des postes de Varsovie « pour intercepter, ou du moins pour « lire les lettres qu'écrit le prétendant « et celles qui lui sont adressées. » On conçoit à quel degré d'irritation en était venu Bonaparte, pour recourir à de pareils moyens. Quelques personnes ont attribué à ce ressentiment la mort du duc d'Enghien, qui avait signé aussi l'énergique réponse du roi. Il faut convenir que ce meurtre odieux, et si imprévu, serait plus facile à expliquer ainsi; qu'il serait même moins inexcusable que si on l'attribue uniquement à un froid calcul d'ambition. Lorsque Louis XVIII en fut informé, il adressa au malheureux aïeul du jeune prince ces paroles touchantes : « Je reçois l'affreuse nouvelle, mon « cher cousin; j'aurais plus besoin de « consolation que je ne suis en état « de vous en donner. Une seule pen- « sée peut vous en fournir; il est « mort, comme il avait vécu, en hé- « ros. Ah! du moins, que ce mal- « heur n'en entraîne pas d'autres; « songez que la nature n'a pas seule « des droits sur vous, et que le vain- « queur de Friedberg et de Berkeim se « doit aussi à la France, à son roi, à son « ami. » Et cette lettre fut suivie d'une protestation formelle adressée à toute l'Europe, contre l'usurpation de Bonaparte, qui venait de se faire proclamer empereur. « En prenant le ti- « tre d'empereur, y était-il dit, en « voulant le rendre héréditaire dans « sa famille, Bonaparte vient de met- « tre le sceau à son usurpation. Ce « nouvel acte d'une révolution où « tout a été nul, ne peut sans doute « infirmer mes droits; mais, comp- « table de ma conduite à tous les « souverains dont les droits ne sont « pas moins lésés que les miens, et « dont les trônes sont tous ébranlés « par les principes dangereux que le « Sénat de Paris a osé mettre en avant, « comptable à la France, à ma fa- « mille, à mon propre honneur, je « croirais trahir la cause commune en « gardant le silence dans cette occa- « sion. Je déclare donc, en présen- « ce de tous les souverains, que, « loin de reconnaître le titre impérial « que Bonaparte vient de se faire dé- « férer par un corps qui n'a pas même « d'existence légale, je proteste con- « tre ce titre, et contre les actes sub- « séquents auxquels il pourrait don- « ner lieu. » Bien qu'émanée d'un roi sans pouvoir, on ne peut douter que cette pièce, adroitement répandue dans les divers cabinets, n'y ait eu quelque influence. C'est à cette époque que la Russie rompit définitivement avec Bonaparte, et que les cours de Vienne et de Berlin furent entraînées par l'empereur Alexandre dans une commune récrimination sur la violation, en pleine paix, du territoire de l'empire. Si la guerre ne fut pas dès-lors déclarée, on peut dire que déjà la paix ne subsistait plus. Louis XVIII, bravant le courroux du nouvel empereur, fit connaître, par les journaux anglais, la lettre qu'il venait d'écrire à Charles IV, roi d'Espagne, en lui renvoyant l'ordre de la Toison-d'Or, que ce prince avait donné à Napoléon : « Mon cher cousin, « lui dit-il, c'est avec regret que je « vous envoie les *insignia* de l'ordre « de la Toison-d'Or, que S. M. votre « père, de glorieuse mémoire, m'a- « vait confiés. Il ne peut y avoir rien « de commun entre moi et le grand « criminel que son audace et la for- « tune ont placé sur mon trône, qu'il « a eu la barbarie de teindre du sang « pur d'un Bourbon. La religion peut « m'engager à pardonner à un assas- « sin, mais le tyran de mon peuple « doit toujours être mon ennemi. « Dans le siècle présent, il est plus « glorieux de mériter un sceptre que « de le porter. La Providence, par « des motifs incompréhensibles, peut « me condamner à finir mes jours « dans l'exil ; mais ni la postérité « ni mes contemporains ne pour- « ront dire que, dans l'adversité, « je me suis montré indigne d'occu- « per, jusqu'au dernier soupir, le « trône de mes ancêtres. » Il semblait véritablement alors que ce malheureux prince eût grandi dans l'adversité; que le péril, quand il était plus imminent, ajoutait à son énergie ; et, certes, il ne pouvait se faire illusion sur les dangers de sa position. Il savait à quel point l'indépendance de la Prusse était illusoire, et il savait tout ce dont était capable son premier ministre Haugwitz. Ce fut à cette époque (juillet 1804) que deux émissaires arrivèrent à Varsovie, et s'enquirent aussitôt d'un agent secondaire assez hardi pour frapper du même coup le prétendant, la reine qui habitait avec lui, le duc et la duchesse d'Angoulême. Ils s'adressèrent à un Français, nommé Coulon, qui avait servi dans l'émigration, et qui était en rapport avec la domesticité de Louis XVIII. Cet homme venait d'acheter un café qu'il était dans l'impossibilité de payer. On lui demanda des détails sur le roi, s'il était accompagné, si les personnes de sa suite étaient armées. Enfin on lui promit une somme d'argent considérable, s'il voulait s'introduire dans le lieu où se faisait la cuisine du prince, et y suivre les ordres qu'on lui donnerait. Coulon, homme d'honneur et de probité, rend compte de toutes ces circonstances à un tiers, qui court en informer le premier gentilhomme de Louis XVIII. Aussitôt le comte d'Avaray fait inviter Coulon à suivre l'affaire, où il ne s'agissait de rien moins que d'empoisonner la famille royale tout entière. D'après ses instructions, Coulon demanda aux émissaires à voir l'argent qu'on lui promettait. Il fut conduit hors de la ville, où un homme, caché dans les blés, lui remit quelques écus à compte des quatre cents louis qu'il devait recevoir après la consommation du crime. On mit alors dans ses mains un paquet contenant trois carottes creuses qui renfermaient le poison, ainsi qu'une bouteille recouverte d'osier, remplie d'une liqueur fortifiante. Ces objets furent aussitôt apportés par Coulon au comte d'Avaray, en présence de l'archevêque de Reims, le vertueux Talleyrand, oncle de celui qui était alors ministre de Napoléon, et tous deux y apposèrent leur cachet. Louis XVIII s'adresse, sans retard, à la police prussienne, demandant l'arrestation simultanée de Coulon et des émissaires de Paris. La police refuse; le prince s'adresse à la justice, qui refuse également d'instruire l'affaire; et c'est en vain qu'il insiste pour que des gens de l'art examinent les matières empoisonnées. Alors le comte d'Avaray, accompagné du docteur Lefèvre, médecin de Louis XVIII, se rendit chez M. Gagatiewick, célèbre médecin de Varsovie, où il fut procédé à la levée des scellés apposés sur les pièces de conviction, en présence de MM. Bergenzowe, médecin, et Guidal, pharmacien. Là il fut constaté que les carottes creuses contenaient une poudre pâteuse, formée d'un poison arsenical ou mélange de trois arsenics, blanc, jaune et rouge. Coulon, interrogé de nouveau, ne changea rien à sa première déclaration. Enfin procès-verbal de tous ces faits fut adressé à la police prussienne, qui renvoya de nouveau au pouvoir judiciaire, lequel persista dans sa déclaration d'incompétence. Louis XVIII, indigné de se voir dénier une justice que l'on n'aurait pas refusée au dernier des habitants, au plus obscur voyageur, voulut n'avoir à se reprocher l'oubli d'aucune démarche; et il écrivit de sa main au président de la Chambre de justice: « On m'a rendu compte, monsieur, « d'un projet formé contre ma vie. « S'il n'était question que de moi, s'il « ne s'agissait que de fer, accoutumé « que je suis à de pareils avis, j'y fe- « rais peu d'attention; mais le poison « menace aussi ma femme, mon ne- « veu, ma nièce, mes fidèles servi- « teurs. Je trahirais mes devoirs les « plus sacrés si je méprisais ce dan- « ger. Peut-être ai-je affaire à des scé- « lérats; peut-être n'ai-je à dévoiler « qu'une basse infidélité: dans les « deux cas j'ai besoin de m'entendre « avec vous. » Rien de tout cela ne put émouvoir la police ni la justice prussiennes; et il fut assez démontré que la famille exilée ne devait trouver dans ce pays ni sûreté ni protection. Impatient d'en sortir, mais ne sachant où il pourrait se rendre, Louis XVIII donna rendez-vous à son frère, le comte d'Artois, à Calmar, en Suède, où les deux princes se réunirent le 5 octobre 1804, et passèrent dix-sept jours ensemble. Il y avait dix ans qu'ils ne s'étaient vus, et ils avaient de grands intérêts à discuter. La police de Napoléon, qui ne l'ignorait pas, y avait, selon sa coutume, envoyé des espions. Ils durent informer leur maître que tout s'était passé parfaitement d'accord, et que les deux princes avaient, de concert, réitéré leur protestation contre son gouvernement. Du reste, ce voyage ne fut pas tout entier à la politique; Louis XVIII, qui n'avait jamais navigué, éprouva quelques accidents de mer. S'étant rendu au promontoire de Stensoe, il y vit la pierre, où il est de tradition que Gustave Wasa prit pied en débarquant, le 31 mai 1520; et il y fit graver une inscription latine dont voici la traduction : *C'est ici qu'a débarqué le roi Gustave Ier, quand il fut rendu à sa patrie. Sous le règne heureux de Gustave-Adolphe IV, ce lieu a été visité par le roi de France, Louis XVIII, roi abandonné des Français, qui a remis l'inscription latine qu'on lit ici.* Ce prince avait composé une relation de ce petit voyage, qui n'a pas été imprimée. Il y essuya une tempête, et ce fut pour lui le sujet d'une pièce de vers, qui est également perdue. Au moment où il allait partir de Calmar, il reçut du gouvernement prussien un avis qui lui interdit le séjour de Varsovie. Nous pensons que pour lui cette circonstance fut très-heureuse, et même qu'on doit l'attribuer à un motif de délicatesse du roi de Prusse, qui, dans le fond, était un homme de bien. Ce prince aima mieux éloigner Louis XVIII de ses États que d'être de nouveau contraint à se faire l'instrument ou le protecteur de complots odieux. Alors le roi de France n'hésita plus sur les offres de l'empereur Alexandre, qui lui avait fait proposer de revenir à Mittau, et il se hâta de retourner dans le palais des ducs de Courlande, où il retrouva enfin un peu de repos et de sécurité. La reine et madame la duchesse d'Angoulême étaient revenues l'y joindre, et il y revit aussi quelques-uns de ces vieux débris de la monarchie, les fidèles gardes-du-corps, et le vénérable Edgeworth, qui un peu plus tard y trouva la mort en portant des secours aux prisonniers français, que le sort de la guerre avait transportés dans cette contrée, et que le roi Louis XVIII secourut aussi de tout son pouvoir. Ce prince fut très-sensible à la perte du témoin des derniers moments de Louis XVI, et il composa une épitaphe pour son tombeau. Trois années se passèrent ainsi paisibles à Mittau, où la paix des augustes exilés ne fut troublée que par deux tentatives d'incendie sur le château et une autre d'empoisonnement, dont on ne put atteindre aussi complètement les auteurs qu'à Varsovie, mais dont les causes et le but ne furent pas moins évidents. Lorsque de nouveaux succès amenèrent Napoléon jusqu'au Niemen et forcèrent Alexandre à lui demander la paix, qui fut conclue à Tilsitt, le 8 juillet 1807, il fallut encore une fois s'éloigner de cette paisible résidence. Il est probable qu'une des conditions secrètes de ce traité fut l'expulsion de la famille royale de France. Ce qu'il y a de sûr, c'est que, dès le mois suivant, Louis XVIII et tous les siens durent s'embarquer pour la Suède, ne sachant guère encore une fois où ils pourraient se rendre. Gustave IV, qui régnait alors dans ce pays, les eût certainement reçus de grand cœur dans telle partie de son royaume qui leur eût convenu ; mais environné de voisins puissants, et forcé de se soumettre à leur politique, il eût compromis sa propre existence. Louis XVIII en eût été désespéré, et malgré sa répugnance à résider en Angleterre, il lui fallut à la fin s'embarquer pour ce pays. Cependant il ne savait point encore comment il y serait reçu. Quelle que fût l'indépendance britannique, et le peu d'influence que Bonaparte eût sur cette puissance, il n'était pas sûr que le ministère voulût le reconnaître et le recevoir en roi, comme toujours il prétendait l'être. Parti encore une fois de Mittau au milieu de l'hiver, il débarqua au port d'Yarmouth, où son frère, venu à sa rencontre, lui donna des témoignages d'une sincère amitié. Le ministère voulut d'abord le confiner dans le château d'Holyrood, en Écosse; mais il s'y refusa formellement, et se rendit dans le magnifique séjour de Gosfield-hall, au comté d'Essex, que lui offrit le marquis de Buckingham, et où il dut prendre le titre de comte de Lille, n'ayant, comme en Prusse, la permission d'être roi que dans sa maison et en présence des siens; ce qui fut toujours pour ce prince une des plus dures souffrances de l'exil. Désirant ensuite se rapprocher de Londres autant que possible, il prit à loyer le château d'Hartwell, à seize lieues de cette capitale ; et c'est là que depuis l'année 1808 jusqu'à 1814, vivant d'environ six cent mille francs de revenu, que lui faisaient l'Angleterre et la Russie, il attendit avec confiance la restauration de son trône, lors que les plus ardents royalistes en désespéraient entièrement. On sait même qu'il lui restait à peine la moitié de ses revenus, et que sa grande-aumônerie qui subsistait encore dans la personne du vieux archevêque de Reims, Talleyrand, avec les pensions faites aux plus nécessiteux des émigrés non rentrés, en absorbaient l'autre moitié. Avec ces faibles ressources, Louis XVIII était encore la providence de toutes les infortunes de l'émigration, et l'on a dit qu'il répandait aussi de nombreux bienfaits dans le voisinage de sa résidence. Il est vrai qu'il n'entretenait plus à ses frais, sur le continent, cette multitude d'agents secrets qui avaient si souvent abusé de sa crédulité, pour obtenir de fortes sommes et rendre de très-petits services, quelquefois même pour lui arracher des secrets qu'ils venaient vendre à la police révolutionnaire (*v.* Montgaillard, au Supp.). Depuis son séjour à Hartwell, Louis XVIII n'essuya guère d'autre mystification dans ce genre, que celle de Perlet, que dirigeait le préfet de police de Paris (*v.* Perlet, au Sup.). Ce fut dans ce temps-là qu'il fit plusieurs pertes très-sensibles, d'abord celle de son fidèle ami d'Avaray, qui, atteint depuis long temps d'une grave affection de poitrine, et ne pouvant plus supporter le climat de l'Angleterre, alla mourir aux iles Madères, laissant auprès du roi le comte de Blacas, son ami, qui lui succéda bientôt dans son emploi et toute sa faveur. Il perdit ensuite le savant évéque de Boulogne, Asseline. Enfin, une perte plus remarquable fut celle de la reine, qui mourut le 10 novembre 1810. Cet événement donna lieu à une pompeuse cérémonie. Tous les princes français qui se trouvaient en Angleterre, les ministres, les grands-officiers de la couronne britannique, y assistèrent, comme aussi la plus grande partie de la noblesse anglaise; enfin les mêmes cérémonies qu'à Saint-Denis furent rigoureusement observées, et l'on peut dire que cette princesse, qui n'avait pas été reconnue reine de son vivant en Angleterre, le fut réellement après sa mort; et pour que rien n'y manquât, son corps fut déposé à Westminster, dans le tombeau des rois d'Angleterre. Napoléon était alors au plus haut degré de sa puissance, et il semblait que les ministres anglais s'efforçassent, pour l'irriter, de traiter d'autant mieux ceux dont il occupait le trône. En 1811, la famille royale de France tout entière fut conviée aux fêtes que donna le régent, pour célébrer l'anniversaire de la naissance de son père, et Louis XVIII, paraissant au milieu de la cour de Saint-James, appuyé sur le bras de son auguste nièce, fut accueilli par de nombreux témoignages d'estime et d'admiration. Toute la famille exilée logea dans un appartement préparé pour elle au palais du roi; enfin on peut dire que les Stuarts détrônés n'avaient pas été mieux traités, à Saint-Germain, par Louis XIV, que les Bourbons le furent alors par le prince régent d'Angleterre. Cependant l'étoile de Bonaparte ne tarda pas à s'obscurcir, et le désastre de Moscou vint tout-à-coup changer l'aspect de la scène politique. Quelque affligeant que dût être ce désastre, pour tous les bons Français, il est bien permis de croire que Louis XVIII n'en éprouva pas une très-vive affliction. Mais, par un sentiment de convenance fort honorable, il refusa d'assister à une fête que donnaient les différentes corporations de la cité, pour célébrer les victoires des alliés sur le continent. Ce fut en vain que les ordonnateurs de cette fête lui annoncèrent qu'il y verrait beaucoup de lis près de renaître, ainsi qu'une foule d'autres allusions au rétablissement de son trône et à la chute de Bonaparte. « J'ignore, dit-il à cette « députation, si le désastre de l'armée « française est un des moyens que la « Providence, dont les vues sont impé- « nétrables, veut employer pour ré- « tablir en France l'autorité légitime; « mais ni moi, ni aucun prince de « ma famille ne pouvons nous réjouir « d'un événement qui a causé la « mort de 200,000 Français. » Ce fut dans le même temps qu'il écrivit à l'empereur de Russie pour lui recommander ceux de ses sujets que le sort des armes avait fait ses prisonniers de guerre : « Ils sont Fran- « çais, lui dit-il, peu importe le dra- « peau sous lequel ils ont servi; ils « sont malheureux : je ne vois en eux « que mes enfants ». Alexandre eut beaucoup d'égards pour cette recommandation; mais nous ne pensons pas que pour cela il fût plus disposé à concourir au rétablissement du trône des Bourbons. Sur ce point, le czar, comme les autres souverains ses alliés, ne consultait guère que ses propres intérêts politiques, bien ou mal entendus. Alexandre, il est vrai, avait dit un mot, dans un manifeste, de la cause des Bourbons, mais ce n'était guère que comme moyen d'hostilité contre Napoléon, et l'on verra que jusqu'au moment de sa chute, il n'eût tenu qu'à celui-ci de faire prononcer par toutes les puissances coalisées l'exclusion définitive de l'ancienne dynastie. A Francfort, un mois après la bataille de Leipsick, ces puissances offrirent encore la paix à Napoléon, en lui abandonnant toute la rive gauche du Rhin; et deux mois plus tard, au congrès de Châtillon, lorsque les souverains alliés furent aux portes de Paris, ils la lui offrirent de nouveau, avec tout l'ancien royaume de France. Il est donc bien sûr que jusqu'au 31 mars 1814, jusqu'à l'abdication de Fontainebleau, rien ne fut moins sûr que la restauration de la maison de Bourbon. Cependant Louis XVIII conservait toujours la même foi en son avenir; il n'avait pas désespéré un instant de posséder réellement un jour le trône de ses ancêtres; et cette confiance, qui s'était fort accrue après le désastre de Moscou, augmenta encore après la campagne de Saxe, surtout lorsqu'il vit l'ancien territoire français envahi. Alors, ne pouvant pas se mettre lui-même en campagne, il prit le parti d'envoyer sur différents points tous les princes de sa famille. Le comte d'Artois et ses deux fils partirent dès le mois de janvier, pour se rendre, le premier sur la frontière de l'Est, où se trouvait l'armée autrichienne, le duc d'Angoulême sur la frontière d'Espagne où le duc de Wellington venait d'entrer victorieux, et enfin le duc de Berri sur les côtes de Normandie, où un piége tendu par la police impériale l'attendait depuis long-temps. Il n'y échappa que par la chute de Napoléon, qui fut si rapide que les chefs de cette police, qui devait le saisir, étaient déjà passés au service du roi quand il débarqua sur les côtes. Ces courses aventureuses exigeaient, il faut le reconnaître, beaucoup de courage et de résolution. Elles n'étaient véritablement appuyées par aucune des puissances, et, loin de les seconder, les généraux de la coalition avaient des ordres secrets pour les entraver. A Vesoul, le frère de Louis XVI, rentrant dans sa patrie après vingt-cinq ans d'exil, fut arrêté par un général autrichien! A la frontière des Pyrénées, le duc d'Angoulême ne parvint jusqu'à Bordeaux, et ne réussit à faire déclarer pour les Bourbons cette ville importante, qu'appuyé et soutenu par un parti de royalistes dévoués, (*voy.* Lynch, ci-après), tandis que le duc de Wellington, qui en avait l'ordre de son cabinet, comme il le déclare formellement dans sa correspondance, fit tous ses efforts pour l'en empêcher. Ainsi, qu'on ne dise pas, comme on l'a si souvent répété, que ces princes vinrent *dans les bagages des alliés*. Il est bien sûr qu'à la frontière comme dans la capitale, dans les départements méridionaux comme dans ceux de l'ouest, ce fut aux manifestations, aux acclamations de la population qu'ils durent leur rétablissement; et il n'est que trop vrai que, dans cette circonstance comme dans beaucoup d'autres, l'intervention des étrangers leur fut plus nuisible qu'utile. Pendant ce temps, Louis XVIII, resté seul au château d'Hartwell, observait tout ce mouvement qui fut si rapide et si prompt que, dès le 15 avril, on vint lui annoncer que son frère était entré à Paris, trois jours auparavant, au milieu de nombreuses acclamations; que la déchéance de Napoléon avait été prononcée par le Sénat, et que lui-même était rappelé sur le trône. On croira sans peine de quelle joie il fut pénétré. Sur-le-champ, il prépare son départ, et songe à tout ce qu'il doit faire pour le bien-être des peuples que la Providence l'a chargé de gouverner; car c'est bien ainsi qu'il l'entendait alors et qu'il s'exprima dans toutes ses manifestations publiques. Si bientôt il tint un autre langage, on verra pour quelles causes et par quelle influence. Après avoir remercié Dieu, il se rendit auprès du prince régent, depuis Georges IV, qu'il estimait personnellement, et il le remercia de tous ses bienfaits, ce qui était, en tous points, une démarche convenable, que ses ennemis ont ensuite mal interprétée, mais que la simple politesse lui eût commandée, en ce moment, lors même qu'il n'aurait pas eu beaucoup d'autres motifs pour la faire. A peine avait-il rempli ce devoir, que le général Pozzo-di-Borgo arriva de Paris avec des ordres et des instructions de son maître, l'empereur Alexandre. Selon ces ordres et ces instructions, que l'envoyé russe était chargé de transmettre à Louis XVIII, ce prince devait, en remontant sur le trône, donner à la France une constitution libérale, reconnaître tous les actes de la révolution, gouverner avec et par le parti révolutionnaire, attendu que les royalistes étaient peu nombreux, que d'ailleurs, depuis long-temps éloignés des affaires, ils n'avaient aucune expérience, aucune habileté. Louis XVIII n'avait pas prévu de pareilles objections, et l'on sent tout le déplaisir qu'il en eut. Cependant il voulait régner, et il dissimula, ce qui lui fut toujours très-facile. Pozzo-di-Borgo a raconté, dans une notice qui est sous nos yeux, qu'il revint avec Louis XVIII jusqu'à Paris; qu'il continua de lui faire connaître les intentions des puissances; que la déclaration de Saint-Ouen, puis la charte, et enfin toutes les concessions faites à la révolution, furent les conséquences de ses avis, ou, pour mieux dire, des ordres qu'il lui transmit (10). Certes, une telle abnégation était bien peu dans le caractère de Louis XVIII ; mais le désir ardent qu'il avait de monter sur le trône le fit accéder à tout. Sans doute il se promit bien pour l'avenir de ne pas laisser échapper les occasions de se soustraire à un pareil joug, et sous ce rapport il ne serait pas juste de le blâmer; mais ce qui est moins excusable, c'est d'avoir accepté le rôle de protecteur des principes et du parti révolutionnaires qu'il méprisait et qui devaient le perdre; d'avoir, pour cela, consenti à se rendre le persécuteur, on pourrait dire l'ennemi de son propre parti, des hommes qui seuls pouvaient et devaient maintenir sa couronne; de s'être laissé persuader qu'en France, les royalistes étaient en petit nombre et sans capacité, sans courage; qu'enfin il était impossible de gouverner avec eux. Cependant le repoussement de la constitution, émanée du parti révolutionnaire, et fondée sur le principe de la souveraineté du peuple, qu'essayèrent en vain, au premier moment de lui donner ces vieux héritiers de la révolution, les sénateurs de Bonaparte, eut quelque chose de digne et de véritablement indépendant. Mais il n'en fallut pas moins laisser tout le monde à sa place; il fallut réaliser ce mot de Monsieur, comte d'Artois, que le parti de la révolution a trouvé si beau, et qui lui convenait si bien : *Rien n'est changé en France; il n'y a qu'un Français de plus.* Ainsi l'intervention des étrangers dans les concessions que fit alors Louis XVIII, est un fait acquis à l'histoire. L'empereur Alexandre ne se contenta pas d'envoyer pour cela Pozzo-di-Borgo jusqu'à Hartwell, il alla lui-même au devant de ce prince jusqu'à Compiègne, accompagné du roi de Prusse; et là il réitéra de vive voix toutes les recommandations dont il avait chargé son ambassadeur, ce qui rendit très-froide cette première entrevue. Pendant les deux jours que Louis XVIII passa à St-Ouen, Alexandre lui envoya jusqu'à trois messagers pour s'assurer que ses intentions fussent bien remplies, et il voulut même lire et corriger la proclamation par laquelle le roi dut faire connaître à la France les bases de la constitution qu'il se proposait de lui donner. On s'étonna que cette pièce fût datée de la dix-neuvième année du règne de Louis XVIII; et ce n'était cependant qu'une conséquence de ses droits; car autrement il eût dénié son origine et reconnu, approuvé tout ce qui s'était fait pendant la révolution. Le Sénat avait décidé qu'il ne serait déclaré *roi des Français* qu'après avoir juré d'obéir à la constitution décrétée par lui le 6 avril, et dont la souveraineté du peuple était le principe. Loin de se soumettre à cette décision, ce fut comme *roi de France et de Navarre* que Louis XVIII signa sa *Déclaration* de Saint-Ouen; et il y annonça que, dans la charte qu'il se proposait de substituer à celle du Sénat, seraient garanties

(10) Ces faits importants, et sans lesquels il est impossible de comprendre l'histoire de cette époque, sont restés long-temps ignorés, ou du moins l'on n'avait à cet égard que des notions vagues et incertaines; mais nous avons sous les yeux un document authentique et qui émane de l'ambassadeur Pozzo-di-Borgo, lequel a fourni les éléments d'une *Notice biographique* sur lui-même, insérée, en mars 1835, dans la *Revue des Deux-Mondes*. On y trouve un récit fort étendu de cette mission de 1814, avec l'aveu positif de l'intervention russe dans l'ordonnance du 5 sept. 1816, fait non moins important à connaître pour comprendre l'histoire de la Restauration. Pozzo-di-Borgo fit imprimer à part plusieurs exemplaires de cette notice, et il les distribua à ses amis. C'est un de ces exemplaires que nous avons sous les yeux.

toutes les libertés que la révolution avait consacrées, mais que le gouvernement impérial avait si complétement abolies; que toutes les opinions, tous les votes ne pourraient être recherchés; que la vente des biens nationaux était irrévocable, etc. Ce fut le 3 mai 1814 que Louis XVIII fit son entrée à Paris, dans une calèche découverte, ayant à côté de lui Madame, duchesse d'Angoulême, et sur le devant, le prince de Condé et le duc de Bourbon. On remarqua qu'il avait un air fort soucieux et plus sévère que de coutume, ce qu'il faut attribuer aux exigences des étrangers qu'il n'avait pas prévues et qui durent altérer singulièrement la joie d'une pareille journée. Toute la population se pressa sur son passage, et partout il fut accueilli par de nombreux applaudissements. Le lendemain, on vit accourir aux Tuileries tous les pouvoirs, toutes les autorités, composées encore pour la plupart de ces anciens révolutionnaires qui, depuis 20 ans, exploitaient et servaient tous les gouvernements, et qui après avoir longtemps poursuivi, spolié les nobles et les rois, étaient devenus eux-mêmes comtes ou barons, et venaient en ce moment féliciter leur souverain de la manière la plus humble et la plus soumise. Les réponses de Louis XVIII furent un peu graves, mais toujours d'une extrême convenance; c'était la partie de la royauté qu'il entendait le mieux. On a dit qu'il avait lui-même travaillé, pendant son exil de vingt ans, à la charte qu'il dût alors donner; mais il est bien sûr qu'il n'y avait pas songé un seul instant, et qu'il fut obligé de faire rédiger à la hâte un projet, par une commission de sénateurs et de députés, qui n'eurent pas eux-mêmes deux jours pour s'y préparer. On remarquait dans cette commission, Lainé, Fontanes, Clausel de Coussergues, Maine de Biran, l'abbé de Montesquiou, Raynouard, et le comte Beugnot, qui s'amusa beaucoup ensuite de sa coopération à ce grand œuvre. Au reste, quelque célérité que l'on eût été obligé d'y mettre, les bases fort simples de cette constitution improvisée étaient suffisantes, et très-propres à assurer les destinées de la monarchie, comme à garantir nos libertés. Par elle, on vit succéder à ce corps législatif de muets, si bizarrement imaginé par Bonaparte, deux chambres indépendantes et dont les discussions devinrent aussitôt très-vives et très-animées. Enfin, la liberté de la presse, le jury et l'indépendance des pouvoirs judiciaires furent également garantis par la charte. Tout y était suffisamment prévu, et l'on peut dire qu'il ne lui a manqué que d'être dans des mains plus fermes et plus indépendantes des factions et de l'influence étrangère. M. de Las-Cases rapporte que Bonaparte disait, dans ses causeries de Sainte-Hélène, que les Bourbons auraient dû se coucher tout simplement dans le lit qu'il leur avait laissé, et qu'ils n'avaient pas besoin d'autre constitution que de celle qu'il avait faite. Nous pensons que Louis XVIII eût trouvé cela fort commode et beaucoup plus sûr; mais on a vu qu'il ne dépendit pas de lui d'en agir ainsi. Les alliés en voulaient certainement alors encore plus à la monarchie fondée par Bonaparte qu'à la personne de Bonaparte lui-même; leur but était surtout d'empêcher qu'il s'établît jamais en France un gouvernement aussi fort, aussi capable de leur résister, et, dans cette pensée, ils ne pouvaient pas consentir à laisser aux Bourbons des avantages dont ces princes auraient pu se servir contre eux. Ils aimèrent donc mieux livrer ce pays aux désordres des factions, et le condamner à s'affaiblir de plus en plus lui-même. Certes on ne peut guère supposer que ce soit par intérêt, par bienveillance pour notre patrie, qu'Alexandre ait tant insisté pour que Louis XVIII donnât une constitution libérale, qu'il gouvernât avec des éléments, des principes révolutionnaires; et il est bien sûr que ses alliés, le roi de Prusse et l'empereur d'Autriche, étaient plus loin encore d'avoir pour la France des intentions aussi bienveillantes. Ce fut un dissolvant, une cause de ruine qu'ils voulurent nous imposer. Ils en virent bientôt le danger pour eux-mêmes, mais il n'était plus temps, et il leur en coûta une nouvelle guerre, une guerre sanglante et dispendieuse, qu'au reste ils surent bien nous faire payer, mais qui, sans le triomphe peu probable de Waterloo, aurait eu pour eux des suites incalculables. Loin d'être le gouvernement si monarchique et si fortement constitué que Bonaparte avait établi, la restauration de 1814 fut donc le renversement, la démolition de tout son édifice; et, ce qui tenait plus particulièment aux Bourbons, ce qui pour eux eut tout-à-fait l'air d'une capitulation, c'est qu'ils prirent l'engagement d'oublier, de pardonner tous les torts, tous les crimes de la révolution, d'en remplir tous les engagements, d'en acquitter toutes les dettes, enfin de payer, comme l'a dit si énergiquement M. de Chateaubriand, jusqu'à l'échafaud de Louis XVI! Les tribunaux et la Chambre des Députés restèrent absolument les mêmes. Bonaparte y avait placé avec tant de soin des conservateurs, des hommes monarchiques, que ces pouvoirs furent alors pour la restauration beaucoup mieux que n'ont été depuis ceux qui leur succédèrent par les voies constitutionnelles. La Chambre des Députés accepta presque sans opposition toutes les lois qui lui furent présentées, et les ministres du roi y eurent toujours une grande majorité. Elle consentit également sans difficulté à la restitution des biens d'émigrés non vendus, à une forte liste civile et à une allocation de trente millions pour les dettes de la famille royale contractées dans l'étranger, bien que ces dettes, et d'autres encore, eussent pu être amplement payées avec les sommes restées aux Tuileries, mais dont la plus grande partie avait été gaspillée, avant l'arrivée du roi, par le gouvernement provisoire et tous les intrigants qui se ruèrent alors sur la restauration comme sur une proie à dévorer (11). Les chambres n'exigèrent aucun compte de tout cela, et elles accordèrent tout ce qui leur fut demandé. Plus tard, les chambres qui succédèrent à celles-là, selon le régime constitutionnel, ne se montrèrent pas aussi faciles. La paix avec les puissances alliées fut signée à Paris, le 30 mai, moins d'un mois après l'arrivée de Louis XVIII; et bien que notre territoire fût complètement envahi et que les étrangers fussent les

(11) Dans plusieurs écrits, notamment dans la *Revue britannique* du mois de juin 1830, on a accusé les Bourbons d'avoir spolié le trésor que Bonaparte laissa aux Tuileries; mais ce trésor, que Napoléon lui-même porta à deux cents millions en 1812, était fort diminué par les dépenses de la campagne de Saxe en 1813 et de celle de France en 1814. On a dit qu'il y restait néanmoins encore quatre-vingts millions lors de la révolution du 31 mars; mais on sait assez aujourd'hui que tout avait disparu même avant l'arrivée du comte d'Artois, le 11 avril. On sait aussi que le ministre des finances Louis (*voy.* ce nom, ci-après) fit porter au trésor, où elles furent mieux sous sa main, des sommes considérables qui devaient appartenir à la liste civile du roi, puisqu'elles avaient appartenu à celle de l'empereur.

maîtres de nous faire la loi, cette paix fut très-convenable; aucune place, aucune portion de notre territoire ne fut sacrifiée. On nous donna, au contraire, une partie de la Savoie; on légitima la possession d'Avignon; on restitua nos colonies les plus importantes, à l'exception de l'Ile-de-France, retenue par les Anglais, et l'on nous accorda encore quelques enclaves de territoire vers la Suisse et l'Allemagne. Il est vrai que nous avions rendu, un peu légèrement, 51 places fortifiées avec leur artillerie, d'environ douze cents bouches à feu, plus, trente-un vaisseaux de ligne et douze frégates, le tout d'une valeur de 250 millions; mais, d'un autre côté, on nous rendit tous nos prisonniers, qui étaient très-nombreux, surtout en Russie, depuis le désastre de 1812; on ne nous demanda aucune contribution, aucune indemnité de guerre; on nous laissa tous les monuments des arts accumulés depuis vingt ans par la victoire dans ce musée Napoléon, alors si riche, et d'une si immense valeur. Enfin, en moins de trois mois, tout le territoire fut délivré de la présence des armées de la coalition, et la France n'eut plus qu'à fermer les plaies de la guerre, ce qui alors ne devait être ni long ni difficile. Seulement on commença à ressentir l'influence de toutes ces libertés exigées avec tant d'insistance. Assurés de l'impunité, les révolutionnaires audacieux ne craignirent pas d'attaquer devant les tribunaux les écrivains royalistes qui, disaient-ils, les avaient calomniés, et l'on vit ainsi le septembriseur Méhée et l'espion Montgaillard (12) obtenir des condamnations contre des historiens royalistes qui les avaient signalés comme ils devaient l'être (*voy.* Gallais, LXV, 61). Dans le même temps, d'autres hommes de cette espèce se firent eux-mêmes journalistes, et tous les jours ils attaquèrent dans leurs feuilles les écrivains les plus attachés à la cause des Bourbons (13). Par de tels moyens, ils jetèrent l'épouvante dans les esprits faibles, et ils firent croire à la tourbe populaire que l'on avait formé le projet de rétablir les dîmes, les droits féodaux, les jésuites, etc. Ces mensonges ne produisirent pas encore de très-grands effets; mais ce fut une semence qui plus tard devait avoir ses fruits. Alors il n'en résulta qu'un peu d'agitation. D'un autre côté, tout n'était pas en-

(12) Roques de Montgaillard, le frère de celui qui a publié une histoire de la révolution, à laquelle on sait que lui-même a travaillé, est un des hommes les plus étonnants de notre époque, par les rôles divers qu'il a joués. En attendant que nous le fassions connaître plus amplement par la notice qui lui sera consacrée, ainsi qu'à son frère, nous devons dire qu'après avoir insulté Louis XVIII dans ses écrits, après avoir fait de ce prince le portrait le plus odieux, il ne craignit pas de se présenter devant lui, au château de Compiègne, en 1814, qu'il en fut accueilli, et que ce prince lui conserva le traitement qui lui avait été accordé depuis vingt ans par le ministère des affaires étrangères, pour avoir livré au Directoire les secrets du roi et du prince de Condé, pour avoir vendu à ce gouvernement les papiers qui servirent à établir la conspiration de Pichegru, en 1797. Et cet homme a joui de son traitement jusqu'à sa mort, arrivée récemment!

(13) Parmi ces journaux, le plus remarquable fut le *Nain-Jaune*, auquel travaillaient des gens de beaucoup d'esprit, dont quelques-uns même, assez bien pensants, ne voyaient pas où menaient de pareils écarts. On est allé jusqu'à dire que le roi y envoyait secrètement les articles les plus piquants contre les royalistes. Ce qu'il y a de sûr, c'est qu'on lui attribua aussi dans le temps une grande part à la composition d'une pièce de théâtre intitulée la *Famille des Glinets*, dont le but principal était de déverser le ridicule sur tous les hommes qui, victimes de la révolution, et s'étant constamment tenus éloignés des événements, venaient en ce moment réclamer auprès du gouvernement royal une juste récompense de leur fidélité.

core définitivement arrêté entre les puissances, et les discussions se prolongeaient beaucoup au congrès de Vienne. Talleyrand, qui était ministre des affaires étrangères depuis l'arrivée du roi, s'y était rendu, laissant M. de Jaucourt chargé du portefeuille. La France, dont le sort semblait irrévocablement fixé, ne paraissait pas avoir grand'chose à faire dans ce congrès; mais Talleyrand n'était pas homme à y rester immobile à côté de si graves intérêts et de si importantes discussions. Il conçut la pensée de réunir la France, l'Autriche et les Deux-Siciles, afin de soustraire les États du roi de Saxe à l'avidité des Prussiens, et une partie de la Pologne à la Russie, puis de faire rendre Naples, où régnait encore Murat, à Ferdinand IV, son roi légitime. Il y avait dans ce projet, on ne peut le nier, quelque justice et des avantages incontestables pour la France; mais, comme l'on devait s'y attendre, il déplut au roi de Prusse et plus encore à l'empereur Alexandre, qui avait un autre grief contre Louis XVIII, celui de n'avoir pas montré assez d'empressement pour le mariage du duc de Berri avec la duchesse d'Oldenbourg, sa sœur, laquelle, plus tard, épousa le roi de Wurtemberg. Le czar fut très-piqué de cette espèce de refus, et il ne le pardonna pas au roi ni à Talleyrand, qui en était le principal auteur et qui même y ajouta le tort du projet de confédération pour la Saxe, à laquelle il ne s'intéressait guère, sans doute, mais dont on a dit que, selon sa coutume, il avait reçu une très-forte somme (14). Alexandre n'ignora rien de tout cela; et quand, au mois de mars suivant, Bonaparte, échappé de l'île d'Elbe, se rendit encore une fois maître de la France, on ne fut pas étonné de voir le czar, au congrès de Vienne, se montrer fort mécontent de ce que Louis XVIII avait quitté la France sans combattre. Ce reproche, adressé à un vieillard infirme, d'avoir manqué de courage dans cette occasion, était peu fondé; car il faut reconnaître que ce malheureux roi avait fait réellement alors tout ce qu'il pouvait et tout ce qu'il devait faire. Dès le 12 mars, quoique malade et souffrant cruellement de la goutte, il avait passé plusieurs revues. Le 16, il s'était rendu à la Chambre des Députés, accompagné de tous les princes de sa famille qui se trouvaient à Paris, et ils y avaient renouvelé leur serment de fidélité à la charte, au milieu de nombreux applaudissements. Louis XVIII demeura encore très-ferme aux Tuileries jusqu'au 20 mars, et il n'en partit que dans la nuit, lorsqu'il ne lui restait pas un régiment fidèle et que déjà Bonaparte était aux portes de la ville. Le roi avait passé tous les jours précédents à donner des ordres, à recevoir, à encourager tous ceux qui venaient le visiter et lui apporter leurs alarmes. Ses entours, loin de conserver le même calme, parurent plus occupés de leurs préparatifs que de ceux de leur maître. Le ministre de sa maison oublia de faire prendre à la Banque une forte somme qui lui était due, et il laissa dans le cabinet de S. M. des papiers du plus haut intérêt, entre autres les pièces de la négociation relative à la

(14) L'opinion générale fut alors que le roi de Saxe, tenant à ses anciens États, refusa de les échanger contre les provinces rhénanes, et que la cour de France, à cause de la proche parenté, l'appuya dans ce refus, contre ses intérêts bien compris. L'échange était avantageux au roi de Saxe sous le double rapport de la population, de la richesse du pays; et il devenait utile pour la France, qui plaçait à ses frontières une puissance amie au lieu d'une autre qui ne l'était guère.

Saxe et à la Pologne, que fort adroitement Bonaparte se hâta de faire parvenir à l'empereur Alexandre. En partant de la capitale, Louis XVIII y fit afficher une proclamation très-énergique et par laquelle il déclara traître et criminel de lèse-majesté tout Français qui porterait les armes en faveur de l'usurpateur, et annonça qu'il ne reconnaîtrait aucun acte, aucune dette faite en son absence. Son projet fut d'abord de ne pas quitter la France et de rester à Lille, où il croyait trouver une garnison fidèle; mais il en fut autrement, et il fallut se rendre en Belgique, où l'on connut la décision du congrès de Vienne, qui maintenait le traité de Paris, et mettait Bonaparte, comme ayant rompu son ban, hors de la loi des nations. Les armées de la coalition étaient encore réunies presque en totalité, et elles n'avaient besoin que de peu de temps pour se porter à la frontière de France. Ainsi il fallut attendre, et ce fut à Gand que Louis XVIII s'établit avec quelques-uns de ses gardes qu'il avait conservés, et un petit nombre d'amis et de serviteurs fidèles, parmi lesquels on remarquait MM. de Chateaubriand, de Vaublanc, de Lally-Tollendal, le duc de Feltre, Bertin, etc. Louis XVIII passa trois mois dans cette résidence, où il reçut beaucoup d'émissaires et d'agents de tous les partis, qui ne croyaient plus à la fortune de Bonaparte. Ce ne fut qu'après la bataille de Waterloo qu'il se mit en marche avec sa petite escorte. Le 22 juin, il était à Cateau-Cambresis, d'où il adressa une proclamation aux Français : « Dès l'époque, y était-il dit, où la plus criminelle des entreprises, secondée « par la plus inconcevable défection, « nous a contraints à quitter momentanément notre royaume, nous vous « avons avertis des dangers qui vous « menaçaient, si vous ne vous hâtiez « de secouer le joug du tyran usurpateur. Nous n'avons pas voulu « unir nos bras ni ceux de notre famille aux instruments dont la Providence s'est servie pour punir la « trahison. Mais aujourd'hui que les « puissants efforts de nos alliés ont « dissipé les satellites du tyran, nous « nous hâtons de rentrer dans nos « États pour y rétablir la constitution « que nous avions donnée à la France, « réparer par tous les moyens qui sont « en notre pouvoir les maux de la révolte « et de la guerre qui en ont été la suite « nécessaire, récompenser les bons, « mettre à exécution les lois existantes « contre les coupables. » Il y avait sans doute dans ces dernières paroles tout ce qu'il fallait pour enflammer le zèle des royalistes, qui devaient se prétendre *les bons*, et épouvanter les partisans de l'usurpation, les conspirateurs du 20 mars, qui ne pouvaient se dissimuler qu'ils étaient *les coupables*. Mais, pour les uns comme pour les autres, on sait assez que ce ne fut qu'une véritable déception. Huit jours après, Louis XVIII était à Cambrai, et il y publiait une seconde proclamation dans le même sens, mais un peu moins menaçante, et dans laquelle, avouant que son gouvernement avait fait des fautes, il annonçait l'intention de les réparer. Ce fut dans la même ville qu'il reçut une députation des généraux de l'armée française, qui vinrent lui demander la conservation des couleurs nationales. Il s'y refusa formellement et sans la moindre hésitation. Huit jours plus tard, marchant toujours accompagné de sa petite escorte, il arrivait au château d'Arnouville, à trois lieues de Paris, où un grand nombre de royalistes, en uniforme de garde nationale, et armés pour la plupart, allèrent le visiter dès le 6 juillet, et le sollicitèrent à grands cris de venir dans la capitale, où ils voulaient lui servir d'escorte. Il balança un moment et parut près de se rendre à leurs vœux, ce qui était certainement fort à propos, parce qu'il eût, du moins pour ce moment, échappé à l'influence des étrangers, et qu'il pouvait sans nul doute entrer ce jour-là même à Paris à la tête d'un grand nombre de gardes nationaux et de royalistes dévoués. Mais, tandis qu'il prenait conseil des gens timides qui l'entouraient, arriva M. Pasquier, qui soutint que ce serait une imprudence (15); puis le duc de Wellington et Fouché dans la même voiture, lesquels, ni l'un ni l'autre, ne voulaient alors que le roi de France fît sans eux une seule démarche, et craignaient par dessus tout que son retour eût l'air d'un triomphe. Ainsi, il fut décidé que le roi n'entrerait pas à Paris ce jour-là, et les gardes nationaux qui étaient venus pour l'y ramener, s'en retournèrent fort tristes, et regrettant de s'être trop avancés. Dès ce moment, le joug britannique et révolutionnaire pesa plus durement sur le malheureux roi. Déjà l'on avait éloigné celui de ses ministres qu'il affectionnait le plus, le comte de Blacas; on éloigna encore la plupart de ceux qui l'avaient suivi dans l'exil, et ils furent remplacés par des hommes de la révolution et de l'empire; enfin le régicide Fouché fut ministre de la police... Tout cela se fit hors de Paris et presque au quartier-général des alliés. Ce n'est que le 8 juillet qu'il fut enfin permis au roi de France d'entrer dans sa capitale et d'aller habiter les Tuileries, d'où le sauvage Blücher n'eut pas même l'attention d'enlever les canons qu'il avait braqués sur le château. Le lendemain, il fit plus, il voulut détruire le pont d'Iéna, prétendant que ce nom était une insulte à sa nation, et il ne revint de cette brutale résolution que lorsque le roi lui eut fait dire qu'il allait se placer lui-même sur ce pont, et qu'il voulait qu'on le fît sauter par la même explosion. Alors Blücher se contenta d'une promesse de changer la dénomination du pont. Louis XVIII ne fut pas aussi heureux dans la prière qu'il adressa au même général pour qu'il épargnât les monuments des arts, que, dans le même instant, on arrachait, presque sous ses yeux, du musée du Louvre. Pour cela, Wellington était parfaitement d'accord avec le général prussien, et tous les deux d'ailleurs exécutaient les résolutions des souverains alliés, qui, cette fois, avaient décidé que la France serait dépouillée de tout ce qu'elle avait enlevé aux autres nations, et que chaque objet serait rendu à son ancien maître. On exécuta cet ordre avec une excessive rigueur; et il a même été reconnu que plusieurs objets, fort chèrement achetés par la France, lui furent ravis. Et ce n'est pas encore là tout ce que nous coûta cette funeste invasion de 1815; il fallut en venir à un second traité de paix, celui de l'année précédente ayant été violé et rompu par l'entreprise de Bo-

(15) Ce qui prouve que Louis XVIII pouvait ce jour-là même (6 juillet) entrer à Paris sans le moindre péril, et que les royalistes y étaient assez forts pour le soutenir, c'est que, dès le matin, un imprimeur avait fait afficher, par ordre de ce prince, dans tout Paris, avec son nom et son adresse, la proclamation de Cambrai que nous avons citée, et que même cet imprimeur ayant appris que des agents de police en avaient enlevé quelques exemplaires, était allé s'en plaindre hautement au préfet de police Courtin, qui s'excusa fort humblement de cet enlèvement, niant que ses agents en fussent les auteurs, et protestant de sa soumission à l'autorité royale. Du reste, tout Paris avait lu, dès le matin, cette proclamation, et il n'en était pas résulté contre l'imprimeur une plainte ni une seule menace.

naparte. Dans le premier, les puissances n'avaient exigé qu'une faible indemnité; cette fois, leur exigence fut extrême. Pour punir les torts de quelques soldats, peut-être même les leurs, les souverains alliés frappèrent d'énormes contributions l'universalité des Français, les bons comme les mauvais, les gens paisibles comme les auteurs de la rébellion. Par ce traité désastreux, que le duc de Richelieu (*voy.* ce nom, XXXVIII, 57) signa, le 20 nov. 1815 (16), la France fut condamnée à payer sept cents millions d'indemnité; plus, quatre cents millions pour dédommagements à des particuliers des différents pays où nous avions porté la guerre; enfin à sustenter et solder, pendant cinq ans, une armée d'occupation de cent cinquante mille hommes, à perdre les places de Philippeville, de Sarre-Louis, de Mariembourg, de Landau, et, ce qui est plus humiliant encore, à démolir les fortifications d'Huningue, avec *défense de les rétablir!* A ces conditions, il nous fut encore permis de nous appeler Français, et l'on voulut bien déchirer les cartes de partage qui déjà étaient dressées et convenues par nos libérateurs....... Encore ne fût-ce là que les conditions ostensibles; car il n'est guère possible de douter qu'on n'en ait pas en même temps imposé secrètement de plus dures ou de plus honteuses. Comme en 1814, on cacha soigneusement toute la part que les alliés avaient prise à la direction de nos affaires: mais nous n'hésitons point à dire que ce ne fut pas sans leurs avis et leurs prescriptions, que le ministre Fouché dressa ces listes de proscription où l'on n'inscrivit guère que des noms de militaires, connus pour les plus braves de l'armée, et qui certainement n'étaient pas les plus coupables dans la révolte du mois de mars. Mouton-Duvernet, Travot, Labédoyère et le maréchal Ney, étaient, sans contredit, au nombre de ceux qui avaient le mieux combattu pour la France, et par conséquent de ceux que les étrangers redoutaient le plus. Louis XVIII n'avait aucune raison de leur en vouloir plus qu'à d'autres, et nous ne pensons pas que leur mort puisse lui être reprochée; on ne lui reprochera pas davantage quelques mouvements réactionnaires qui eurent lieu dans le Midi, tels que le massacre du maréchal Brune à Avignon, celui de Ramel à Toulouse, et enfin celui des assassins des volontaires royaux dans le département du Gard. C'est à peu près à ces faits, beaucoup trop nombreux sans doute, que se borna la *terreur de* 1815, qu'il ne dépendit pas de Louis XVIII d'empêcher, et qui assurément n'aurait pas eu lieu si son pouvoir eût été plus grand (17). On a encore reproché très-amèrement à la restauration l'institution des cours prévôtales que plusieurs émeutes a-

(16) On a dit que Talleyrand s'était retiré du ministère pour ne pas le signer, ce qui lui ferait beaucoup d'honneur, mais nous ne pensons pas qu'il en soit ainsi.

(17) Ce qui prouve qu'à cette époque Louis XVIII fut loin de gouverner selon sa volonté, c'est que, paraissant oublier qu'au 20 mars, en quittant les Tuileries, il avait déclaré qu'il considérerait comme rebelles tous ceux qui serviraient l'*usurpateur en son absence*, et qu'il n'acquitterait aucune dette qui serait contractée sans son intervention, ses nouveaux ministres se hâtèrent, aussitôt après son retour, de tout reconnaître et de tout payer ce qui avait été fait au nom et pour le service de l'empereur, et que le ministre de la guerre Gouvion-Saint-Cyr, ne considérant comme rebelles ou déserteurs que ceux qui avaient suivi le roi en Belgique, mais n'osant pas les condamner pour ce fait, prit le parti de les amnistier par une ordonnance royale que signa Louis XVIII: ce qui constituait évidemment ce prince usurpateur et Bonaparte souverain légitime!...

vaient rendues nécessaires, et qui ne furent guère qu'un vain épouvantail, dont il serait impossible de citer une condamnation de quelque importance qui n'ait pas été prononcée dans un esprit d'ordre et de justice. Voilà les faits que l'on a osé comparer aux atrocités de 1793, où, en moins de deux ans, plus d'un million d'hommes, des hommes les plus vertueux, les plus éclairés, périrent par la main des bourreaux (18)! A côté de ces malheureuses circonstances qui marquèrent les premiers temps de son second retour à Paris, Louis XVIII eut cependant la satisfaction de pouvoir rétablir sa puissance sur quelques bases solides. Le duc de Feltre, qui reprit le portefeuille de la guerre, après la dissolution du ministère Fouché, organisa, avec autant de zèle que d'habileté, une nouvelle armée, et surtout une garde royale assez nombreuse, assez dévouée pour que l'on n'eût plus rien à redouter de pareil à ce qui s'était passé l'année précédente, lors même que Bonaparte aurait pu se présenter de nouveau, ce qui était devenu impossible, confiné et gardé comme il l'était sur le rocher de Sainte-Hélène. Et dans le même temps M. de Vaublanc, devenu ministre de l'intérieur, donna à toute l'administration une direction plus monarchique; il réorganisa même dans ce sens l'Institut, d'où il expulsa par une ordonnance royale tous ceux dont l'opposition au gouvernement ne pouvait pas être contestée. Les choix qu'il fit pour les remplacer ne furent pas tous approuvés, même par les royalistes, et cette mesure, jusqu'alors sans exemple, excita de vives réclamations. Un fait plus décisif, et qui devait avoir de grands résultats, fut la réunion de cette chambre que Louis XVIII croyait *introuvable*, et qui se montra si zélée, si dévouée à son pouvoir. On lui avait tant dit que le parti royaliste était peu nombreux, sans talents, sans capacités, que ce fut avec une extrême surprise qu'il vit la grande majorité des assemblées électorales, livrées à elles-mêmes, sans influence, sans aucune des précautions que l'on a prises depuis, lui envoyer des hommes tels que les Corbière, les Villèle, les Labourdonnaie, les Bonald, et tant d'autres aussi distingués par leurs lumières que par leur dévouement. Cette réunion si imprévue l'étonna beaucoup, et il fut loin d'en être mécontent : c'est dans sa satisfaction et sa surprise qu'il la qualifia d'*introuvable*. Ce mot explique tout dans ce sens, autrement il ne peut pas être compris. Le zèle et le patriotisme de la nouvelle Chambre des Députés fut tel, qu'elle se soumit franchement et loyalement, quoique avec la plus vive douleur, aux charges que les circonstances imposèrent, qu'elle consentit à toutes les nécessités que les ministres du roi lui firent connaître; bien qu'elle eût peu de confiance en eux. Loin d'exiger de nouvelles proscriptions,

(18) Informé peu de jours après son retour à Paris que sept à huit cents révolutionnaires ou bonapartistes, prisonniers à Marseille, étaient menacés de périr par les mains de la populace, le roi se hâta d'envoyer dans cette ville M. de Vaublanc, qu'il nomma préfet des Bouches-du-Rhône, parce qu'il considéra ce zélé royaliste comme l'homme le plus capable, par son courage et son habileté, d'empêcher un pareil malheur; et en cela la confiance du monarque ne fût pas trompée. Sans s'effrayer des menaces et des cris de mort qui retentissaient aux portes de la prison, M. de Vaublanc s'y transporta lui-même dès qu'il fut arrivé à son poste; et en présence de toutes les autorités qu'il avait réunies, il examina l'un après l'autre tous les motifs d'arrestation, et mit à l'instant même en liberté les détenus qui n'étaient pas accusés de délits positifs. Il n'y eut pas une goutte de sang de répandue, l'ordre fut rétabli, et la justice reprit son cours ordinaire.

elle accepta sur-le-champ le projet d'amnistie générale. La seule exception qu'elle demanda fut celle des régicides *relaps*, et certes on devait bien cela à la mémoire de Louis XVI (19), à cette restauration dont on voulait faire un retour à la légitimité, aux lois éternelles de la justice et de l'honneur ! Avec une telle chambre et celle des pairs, d'où le roi écarta ceux qui avaient accepté la pairie de Bonaparte ; avec une armée et une garde royale telles que les avaient faites le duc de Feltre; avec un esprit public excellent comme il l'était alors, le sort de la monarchie était assuré, et le roi le savait fort bien ; mais ce n'était pas là ce que les étrangers voulaient; et le parti révolutionnaire, celui de Bonaparte ne le voulaient pas davantage. Plusieurs hommes de ce parti étaient encore au pouvoir, et ils sentirent qu'avec de tels éléments, et surtout avec une pareille chambre, ils ne pourraient pas y rester longtemps. Déjà son seul aspect avait obligé Fouché à s'éloigner. Le successeur de ce ministre, craignant de subir le même sort, s'efforça dans plusieurs occasions, pour plaire à la majorité, de paraître un excellent royaliste, et c'est pour cela, on ne peut en douter, que fut arrangée la conspiration de Pleignier et quelques autres, où des malheureux, qui n'avaient d'autres torts que de ne pas connaître les Bourbons, qui avaient tout au plus mérité des peines correctionnelles, périrent sur l'échafaud. Le hasard nous avait fait juré dans cette affaire ; mais ces malheureux, mal conseillés, nous récusèrent, ce qui leur fut très-funeste, car, après avoir suivi le procès dans tous ses détails, nous en sortîmes convaincu qu'aucun d'eux n'eût péri s'il s'était trouvé dans le jury un seul homme indépendant et consciencieux. Ce qu'il y eut de bien déplorable dans ce procès, c'est que le blâme en rejaillit tout entier sur le roi et sur les royalistes, que plusieurs affaires du même genre eurent le même résultat à cette époque. Tandis qu'à Paris on imaginait, on inventait des conspirations pour trouver des victimes et faire accuser de cruauté le gouvernement du roi, à Lyon on protégeait, on faisait absoudre de véritables conspirateurs, et à Grenoble on se hâtait d'immoler des complices pour ensevelir des secrets odieux. C'est avec ce machiavélisme, cette fourberie que l'on parvint à discréditer, à dépopularirer la restauration, et que l'on fit considérer comme indispensable la dissolution de cette Chambre des Députés, en lui imputant tous ces torts et toutes ces iniquités. Louis XVIII aperçut d'abord le piége, et il refusa sa signature à l'ordonnance de dissolution ; mais on revint à la charge; on eut recours à tous ceux qui pouvaient avoir quelque influence sur son esprit. Quatre prélats de la Chambre des Pairs, en tête desquels était M. de Bausset, vinrent le fatiguer de leurs sollicitations. Enfin on mit en jeu un moyen plus puissant, l'intervention de la Russie, qui, depuis le retour des Bourbons, surtout depuis la présence de Richelieu au ministère, avait été, comme on l'a vu, l'appui constant de la révolution. On alla chercher l'ambassadeur Pozzo-di-Borgo, Français d'origine, émigré et assez bon royaliste, mais dont les instructions étaient positives. Il n'hésita pas, et se rendit aux Tuileries, où il éprouva d'abord quelque

(19) Le 21 janvier 1815, les restes de Louis XVI et de Marie-Antoinette, exhumés du cimetière de la Madeleine où ils étaient depuis 1793, furent transportés solennellement dans les caveaux de la basilique de Saint-Denis.

résistance de la part du roi; mais il fallut céder; et l'ordonnance de dissolution, du 5 sept. 1816, fut signée. Ainsi c'est à l'influence russe qu'il faut attribuer tous les résultats de cet acte déplorable, que l'on a appelé avec raison le suicide des Bourbons, la ruine de la branche aînée. Et qu'on ne croie pas que nous ayons adopté légèrement cette version d'un fait aussi important; d'autres écrivains l'ont rapportée et publiée de la même manière, sans trouver de contradicteurs. Quant à l'auteur de cette notice, il ne craint pas d'affirmer qu'il l'a entendue de la bouche même de l'ambassadeur Pozzo-di-Borgo, lequel, plus tard, devenu indépendant et revenu à des opinions royalistes, déplorait amèrement le rôle obligé qu'il avait joué dans cette circonstance. Tous les détails que nous venons de donner se trouvent d'ailleurs rapportés dans la notice biographique dont nous avons sous les yeux un exemplaire, que cet ambassadeur nous a lui-même remis. On ne trouvera pas inutile, sans doute, que nous insistions autant sur les faits qui amenèrent la dissolution du 5 sept. 1816; nous considérons cette dissolution comme l'un des événements les plus importants de l'histoire contemporaine, et comme l'une des premières causes de la chute des Bourbons, de la décadence du pouvoir royal. Dès que l'ordonnance parut, le ministre qui l'avait fait rendre s'occupa de former une autre chambre. De nombreux agents, choisis dans les rangs de la révolution, furent envoyés dans les départements pour y préparer les choix. On ne craignit pas de rappeler de l'exil, de faire sortir de prison des hommes poursuivis comme ennemis du roi, comme ayant trempé dans des complots contre sa personne. Nous citerons entre autres le fameux Desmarest (*voy.* ce nom, LXII, 398), chef du bureau secret de la police impériale, qui avait passé plus de vingt ans à persécuter les royalistes; Desmarest que l'on pouvait accuser à bon droit de la mort de plusieurs, et dont alors on leva la surveillance pour qu'il allât voter à l'assemblée électorale de l'Oise. Malgré de pareils moyens, l'opinion publique était tellement en faveur des royalistes, que le ministère eut beaucoup de peine à obtenir la majorité dans la chambre, et qu'il ne put empêcher d'y reparaître MM. de Villèle, Labourdonnaie, Corbière, Clausel de Coussergues, et tous ceux qui lui faisaient le plus d'ombrage. Ce fut néanmoins, pour la faction démocratique, un grand triomphe que cette ordonnance de dissolution. Toutes les parties du gouvernement en subirent les conséquences. MM. de Vaublanc et le duc de Feltre furent écartés du ministère, les préfectures et toutes les administrations, les tribunaux furent aussi purgés d'*ultras* (sobriquet que l'on donna aux royalistes; on a dit que ce fut Louis XVIII lui-même; mais nous ne le pensons pas). Avec de tels moyens, les secours de la censure qui vint encore en aide au nouveau ministère, et qui fut principalement dirigée contre les royalistes, la Restauration marcha rapidement à sa ruine. La loi des élections, changée au profit du parti révolutionnaire, lui amena chaque année à la chambre de nouveaux renforts. Des sociétés secrètes, des complots régicides se formèrent sur tous les points, et des émeutes éclatèrent dans la capitale, sous les yeux mêmes du monarque, qui persistait à briser une couronne qu'il avait tant désirée et si ardemment poursuivie! Rien ne se fit plus en France que par la nouvelle majorité. Un nouveau concordat, destiné à remplacer celui de Bonaparte, et qui avait été convenu avec la cour de Rome, par le précédent ministère, lequel l'avait présenté aux chambres, fut retiré de peur qu'il ne fût rejeté, et il n'en a plus été question. Il restait cependant encore à la Chambre des Pairs une majorité conservatrice; et cette majorité véritablement royaliste, avait plus d'une fois présenté des obstacles aux vues des nouveaux ministres. Ils résolurent de s'en affranchir, et ce fut à l'occasion de la sage proposition faite à la séance du 20 février 1819, par le vénérable Barthélemy, pour obtenir une modification à la loi des élections (*voy.* Barthélemy, LVII, 241), qu'une ordonnance royale créa 60 nouveaux pairs, presque tous choisis parmi les plus dévoués à la révolution et à l'empire, ceux qui avaient dénié la Restauration en 1815, et que, pour cela, on avait écartés de la chambre. Ainsi le ministère et la révolution eurent dans les deux chambres une majorité incontestable, et l'on peut dire que, si la monarchie des Bourbons continua d'exister, c'est parce que le parti de la république s'était rendu trop odieux, et que celui de Bonaparte ne pouvait réussir que par la présence de son chef. Le pouvoir de Louis XVIII se traîna ainsi péniblement entre les factions opposées jusqu'au 13 février 1820, où l'assassinat du duc de Berri, et l'indignation qui en fut la suite, renversèrent un ministère qui, s'il n'était pas lui-même complice de l'attentat, pouvait au moins être accusé de n'avoir rien fait pour l'empêcher (*voy.* Berri, LVIII, 86, et Louvel, XXV, 273). Cet événement, si funeste aux Bourbons, donna cependant un peu de vigueur et d'énergie à leur gouvernement. Le ministre principal, le nouveau favori de Louis XVIII, à qui l'on attribuait tous ces malheurs, fut obligé de se retirer; comme l'a dit M. de Chateaubriand, *son pied glissa dans le sang*. Quelques royalistes prirent part aux affaires, entre autres MM. de Corbière et Villèle qui furent d'abord ministres sans portefeuille, et s'associèrent ainsi d'une manière équivoque à des hommes qui jusqu'alors s'étaient montrés fort contraires à leurs opinions, ce qui commença la division du parti royaliste (*voyez* Labourdonnaie, LXIX, 218). Cette division eut des conséquences funestes. Plusieurs royalistes restèrent dans l'opposition, d'autres devinrent ministériels, ce qui rendit la marche du gouvernement encore plus incertaine et plus embarrassée. Cependant on fit quelques bonnes lois pour la presse, pour les élections, et lorsque MM. de Chateaubriand et Mathieu de Montmorency entrèrent au ministère, la marche devint plus franche et plus assurée; les factions et les sociétés secrètes furent surveillées et même réprimées; Berton et d'autres conspirateurs, pris en flagrant délit, portèrent leurs têtes sur l'échafaud, et, si le ministère ne sévit pas dès-lors contre des hommes plus importants et non moins coupables, ce dont il avait des preuves matérielles, ce fut un acte de faiblesse, qui eut dans l'avenir des résultats fâcheux (*voy.* Berton, LVIII, 154). La France était alors, on ne peut se le dissimuler, le centre de toutes les intrigues, de tous les complots qui se tramaient contre les rois dans toutes les parties de l'Europe; et c'était de son sein que devait bientôt partir le signal de tous les soulèvements de l'Espagne et de l'Italie. Les puissances semblèrent enfin en concevoir quelque inquiétude, et l'empereur Alexandre lui-même, revenu à des idées de conservation et d'ordre, plus franc et plus généreux dans sa politique, s'occupa sérieusement de réprimer les insurrections militaires qui éclatèrent simultanément à Madrid, à Lisbonne, à Naples et à Turin. Un congrès fut réuni à Vérone, où MM. de Montmorency et de Chateaubriand se rendirent de la part du roi de France. Ils y trouvèrent le czar dans les meilleures dispositions pour tout ce qu'exigeait la prompte répression de ces différentes révoltes. Les autres souverains s'empressèrent d'y adhérer. Il fut convenu que la France serait seule chargée de porter la guerre en Espagne, et de rétablir sur le trône Ferdinand VII, que l'insurrection tenait prisonnier dans sa capitale. C'était une fort bonne occasion de mettre fin aux dangers de cette contagion du libéralisme espagnol qui, depuis plusieurs années, donnait des inquiétudes, et nous obligeait de surveiller la frontière des Pyrénées. La France devait trouver dans cette guerre un avantage plus grand encore, celui d'imprimer à son armée un caractère véritablement royal, de lui faire obtenir quelques succès sous le drapeau blanc, ce qui, en fin de compte, devait tourner au profit de la légitimité sur tous les trônes de l'Europe. M. de Chateaubriand comprit fort bien tout cela, et il eut avec l'empereur Alexandre de longues conversations, où tout fut arrangé et convenu. Par suite de ces décisions, les insurrections de Turin et de Naples furent promptement réprimées par les armées de l'Autriche qui s'en était chargée, et il ne resta plus que celle de la Péninsule ibérique, où la France dut envoyer cent mille hommes sous les ordres du duc d'Angoulême. C'était plus qu'il n'en fallait pour réduire quelques soldats révoltés, sans chefs et sans direction. L'armée française parvint jusqu'à Cadix, où elle délivra Ferdinand VII qu'elle ramena dans sa capitale. On donna beaucoup de retentissement à cette courte campagne, qui, au fond, se réduisait à peu de chose; la vanité française en parut satisfaite, et l'armée royale acquit beaucoup de considération et de force. C'était un progrès immense pour l'avenir de la Restauration, et personne ne douta dès-lors que Louis XVIII ne fût un des rois de l'Europe les mieux affermis. Après avoir acquitté tant de charges et de contributions, ses finances étaient dans le meilleur état; après avoir dû consentir à tant de créations de rentes, après avoir doublé en quelques années la dette publique, le cours de la bourse était de quatre fois plus élevé qu'en 1814! Qu'on ajoute à cela tous les progrès de l'industrie, les canaux, les routes, les ponts et tant d'entreprises, tant de travaux publics qui s'étaient multipliés sur tous les points, on verra que ces derniers temps du règne de Louis XVIII furent une des époques les plus brillantes et les plus prospères de notre histoire. Et c'était au milieu de factions rivales, environné d'émeutes, toujours en présence des prétentions ombrageuses et cupides de l'étranger; mais c'était surtout depuis qu'il n'avait plus que des ministres vraiment royalistes et français, qu'un vieillard infirme et condamné à une immobilité presque complète, avait conduit la France à cet état de splendeur. Avec plus de fixité et de persistance dans ce système de loyauté et de franchise, il pouvait compléter son ouvrage, il pouvait assurer la durée de ses institutions, rendre à la France son indépendance, et mettre le trône à l'abri de nouvelles révolutions. Pour cela, il n'eût fallu qu'encore un peu de cette énergie, de cette force d'âme qu'il avait déployée au temps de son exil; mais le poids des années, les infirmités se faisaient de plus en plus sentir, et l'on voyait aussi s'affaiblir de plus en plus les facultés morales. Entièrement privé de l'usage de ses jambes depuis plusieurs années, ce n'était qu'à l'aide d'un fauteuil mécanique qu'il pouvait être transporté d'un lieu à un autre, et c'était par le moyen d'une autre machine qu'on le descendait dans sa voiture, où il faisait, presque tous les jours, une longue promenade. Dès le commencement de juillet **1824**, le mal fit de graves progrès, et les médecins désespérèrent de la vie du prince. Cependant, le 25 août, jour de sa fête, il voulut encore être roi, et vit, selon l'usage, défiler devant son fauteuil toutes les autorités et les grands du royaume. « Je veux voir encore une fois tout « mon monde, disait-il; le roi de « France peut mourir, mais il ne doit « pas être malade. » Le 12 sept., sa maladie fut officiellement annoncée; on ordonna des prières publiques et l'on ferma la Bourse et les spectacles. Averti par l'évêque d'Hermopolis, il désira recevoir les secours de la religion, se confessa et fut administré. Le lendemain, la fièvre augmenta, et, après une longue agonie, il expira, le 16 sept. **1824**, à quatre heures du matin, environné de toute sa famille, qui reçut sa bénédiction, et donna des marques non équivoques d'une vive affliction. Après l'autopsie et l'embaumement, le corps, placé dans un double cercueil de plomb et de chêne, fut transporté à Saint-Denis, le 22 septembre, avec beaucoup de solennité. On remarqua cependant que par suite d'une question de préséance, entre la grande-aumônerie et l'archevêché, le clergé n'y assista point. Toute la population de Paris se porta sur le passage du cortége et parut sentir la perte qu'elle venait de faire. Son frère, Charles X, fut reconnu roi à l'instant même et sans la moindre opposition. L'oraison funèbre de Louis XVIII fut prononcée à Saint-Denis, par l'évêque d'Hermopolis (Frayssinous). La physionomie de ce prince était fort expressive, et la sévérité ou la clémence s'y peignaient naturellement. Son esprit ne manquait ni d'étendue ni de vivacité, mais il était plus brillant que solide. C'était un littérateur instruit et qui eût peut-être, comme on l'a dit, été mieux placé sur un fauteuil académique que sur un trône. Les éloges et les flatteries dont il était l'objet pour son érudition et ses talents littéraires lui plurent toujours beaucoup plus que les louanges qu'on lui adressa sur son habileté politique. Ses connaissances étaient du reste de peu d'étendue en administration, en économie politique et surtout en science militaire, cette partie aujourd'hui si essentielle des études de l'homme d'état. Sa mémoire était prodigieuse : il citait à chaque instant, mais quelquefois sans à propos, des textes de Virgile et d'Horace. Un grand moyen de succès auprès de lui était de savoir par cœur quelques passages de l'un de ces deux poëtes. On vit plus d'un courtisan les étudier dans ce seul but, et nous connaissons un ministre qui tomba dans sa disgrâce pour lui avoir dit qu'il ne s'en était jamais occupé. Fort recherché dans ses expressions, quoique vain et très-fier de son rang, il était cependant, quand il le voulait, d'une excessive politesse. L'état de faiblesse et d'affaissement où l'adversité le plongea long-temps avait ajouté à son caractère de dissimulation et de réserve. Peu sincère dans ses goûts et ses affections, il ne fut ni haineux ni vindicatif, et la maxime d'union et d'oubli qu'il proclama tant de fois, était chez lui ce qu'il y avait de plus vrai; mais cet oubli fut trop souvent celui des bienfaits et des services; et ce tort, l'un des plus graves de la Restauration, eut pour sa dynastie des résultats funestes et qui durent encore. Il avait puisé dans le commerce des lettres l'art de rédiger avec précision et facilité. Ses discours d'apparat étaient toujours empreints d'un caractère de convenance et de noblesse, qu'il savait aussi placer à propos dans sa correspondance et sa conversation. On cite de lui ce mot aussi sensé que spirituel : « L'exactitude est la politesse des rois ». Avec tous ces avantages, on doit s'étonner de la faiblesse et de l'inégalité de l'un de ses écrits les plus connus, qui fut publié de son vivant, et dont il est sûr que lui-même revit les dernières épreuves : *Relation d'un voyage à Bruxelles et à Coblentz, en* 1791, Paris, 1823, in-8° et in-18. Les écrivains de l'opposition libérale en firent de très-amères critiques, surtout Arnault, qui ne pouvait pardonner à l'auteur son exil après les Cent-Jours de 1815. Ils y trouvèrent de la trivialité, des inconvenances, et nous sommes obligés d'avouer qu'ils eurent quelquefois raison. M. de Chateaubriand a fait du règne de Louis XVIII un tableau fort remarquable, mais un peu flatté, dans la brochure qu'il publia aussitôt après sa mort, sous ce titre : *Le roi est mort, vive le roi!* Nous en citerons un fragment : « Ce prince « comprenait son siècle, il était « l'homme de son temps. Avec des « connaissances variées, une instruc- « tion rare, surtout en histoire, un « esprit applicable aux petites com- « me aux grandes affaires, une élo- « cution facile et pleine de dignité, » il convenait au moment où il pa- « rut, et aux choses qu'il a faites..... « La partie active du règne de Louis « XVIII a été courte; mais elle occu- « pera une grande place dans l'his- « toire. On peut juger ce règne par » une seule observation : il ne se « perd point par l'éclat que Na- « poléon a laissé sur ses traces. On « demande ce que c'est que Char- « les II, après Cromwell; Charles II, « dont la restauration ne fut que celle « des abus qui avaient perdu sa fa- « mille!. On ne demandera jamais ce « que c'est que le sage qui a délivré « la France des armées étrangères, « après l'ambitieux qui les avait atti- » rées dans le cœur du royaume; on « ne demandera jamais ce que c'est « que l'auteur de la charte, le fonda- « teur de la monarchie représenta- « tive, ce que c'est que le souverain « qui a élevé la liberté sur les débris « de la révolution, après le soldat qui » avait bâti le despotisme sur les « mêmes ruines; on ne demandera « jamais ce que c'est que le roi qui a « payé les dettes de l'État, et fondé « le système du crédit, après les ban- « queroutes républicaines et impé- « riales... » Nous regrettons que dans son panégyrique M. de Chateaubriand n'ait pas essayé de revêtir de ses vives couleurs le récit des infortunes de Louis XVIII dans l'exil, et surtout sa résistance aux menaces, à la perfidie des étrangers, comme aussi la grandeur, le courage qu'il déploya à Vérone, à Riegel et surtout à Varsovie. C'est là qu'il fut véritablement grand, héroïque; ce sera la plus belle page de son histoire. Sous ce point de vue, il est au-dessus, on peut le dire, de Louis XIV et de Henri IV à qui il aimait tant qu'on le comparât. Jamais on ne vit, il est vrai, ces deux princes réduits à une si grande infortune; mais peut-être ne l'eussent-ils pas aussi noblement supportée. Ce qui est plus étonnant, c'est qu'à l'exemple de ces deux illustres aïeux, et jusque dans les derniers temps de sa vie, malgré ses infirmités et quoique frappé d'une incapacité, qui probablement n'était pas absolue, Louis XVIII eut des maîtresses, même des maîtresses avouées. On a vu que ce fut long-temps madame de Balbi; plus tard, on en a cité d'autres, notamment madame du Cayla, à qui il fit des présents considérables, entre autres la terre de St-Ouen, qui avait été le berceau de la charte; ce qui donna lieu à une épigramme assez piquante. On a attribué à ce prince beaucoup d'écrits anonymes et pseudonymes, dont nous avons cité la plus grande partie. Nous y ajouterons : I. Un *Recueil de poésies diverses*, publié en 1787-1789, sous le nom du marquis de Fulvy, réimprimé en 1823, in-18, à Paris, et dont au moins une partie n'est pas de Louis XVIII. II. *Lettres d'Hartwell, correspondance politique et privée de Louis XVIII, roi de France*, Amiens, 1824, in-8°. Il est sûr qu'un nombre considérable d'écrits politiques composés dans les loisirs de l'émigration, et où se trouvaient exprimés des principes que plus tard il ne pouvait avouer, ont été détruits par ses ordres, et qu'ainsi ils ne paraîtront jamais. Le *Manuscrit inédit* sur la publication de M. de Lacoudraye, imprimé récemment, était de ce nombre; mais il avait heureusement échappé à l'ordre de prohibition. *Les Mémoires de Louis XVIII, recueillis et mis en ordre par M. le duc de D....*, Paris, 1832, 12 vol. in-8°, sont évidemment un ouvrage apocryphe et de la fabrique qui en a produit tant d'autres à la même époque. Beaucoup d'auteurs ont publié des *Vies* de Louis XVIII ou des *Histoires de son règne*; mais il n'en est point encore qui méritent d'être citées, pas même celle d'Alphonse de Beauchamp (2 vol. in-8°), qui, comme bien d'autres, avait besoin de gagner la très-modique pension qui lui était accordée. La Vie de Louis XVIII est donc encore un ouvrage à faire. Sous la plume d'un habile écrivain, d'un politique judicieux et profond, ce serait une des parties les plus intéressantes de notre histoire.

Extrait du Catalogue de la Librairie de L.-G. MICHAUD, rue du Hasard-Richelieu, 13.

BIOGRAPHIE UNIVERSELLE, ANCIENNE ET MODERNE, 72e vol. (20e du Supplément). Sur papier carré fin, 8 fr. — Sur grand-raisin, 12 fr. — Sur vélin, 24 fr. On peut joindre à chaque volume un cahier de portraits au trait, dont le prix est de 2 fr. pour le papier ordinaire, 4 fr. pour le grand-raisin, et 6 fr. pour le vélin.

Le 73e vol. paraîtra en janvier 1843.

Les 52 premiers volumes de cet ouvrage sont épuisés; il reste encore quelques exemplaires sur papier carré des 20 suivants, que les souscripteurs sont invités à retirer promptement, parce que plus tard il serait impossible de les fournir.

HISTOIRE DE LA VIE ET DES POÉSIES D'HORACE, par M. le baron Walckenaer, de l'Académie des Inscriptions et Belles-Lettres, 2 forts vol. in-8°, ornés d'une carte et d'un portrait. Paris, 1840. Prix : 12 fr.

Horace fut lié avec les personnages les plus éminents du siècle d'Auguste, et personne ne les connut mieux que lui dans la vie publique comme dans la vie privée; il fut témoin et acteur des événements les plus remarquables de cette grande époque; son histoire devait donc être un tableau des mœurs, de la littérature et de tous les faits de ce beau règne. Sous la plume de M. Walckenaer, ce tableau est aussi neuf, aussi intéressant que celui que déjà il avait fait du siècle de Louis XIV, en écrivant la vie de La Fontaine. Dans cette nouvelle production, tout est appuyé, prouvé par des citations, et les sources sont indiquées avec la plus scrupuleuse exactitude. Sous ce rapport, on pourrait dire que c'est le travail d'un savant d'outre-Rhin; sous tous les autres, c'est celui d'un Français aussi érudit que spirituel; enfin c'est une histoire aussi piquante que vraie de l'époque la plus mémorable de l'antiquité.

MÉMOIRES TIRÉS DES PAPIERS D'UN HOMME D'ÉTAT, sur les causes qui ont déterminé la politique secrète des cabinets dans les guerres de la révolution, 13 vol. in-8°, brochés, sur papier fin. Prix : 90 fr.

Cet ouvrage présente l'histoire contemporaine sous un jour tout-à-fait neuf et le seul vrai. On y voit les secrets moteurs des plus grands événements, les intrigues de la diplomatie jusqu'alors ignorées, et les moyens honteux qui souvent ont été mis en usage. Tout y est révélé, tout y est prouvé par des pièces et des témoignages authentiques.

MANUSCRIT INÉDIT DE LOUIS XVIII, précédé d'un examen de sa vie politique, par M. Martin Doisy, 1 vol. in-8°, papier fin, orné d'un portrait et *fac simile*. Prix : 6 fr.

Dans cet ouvrage, récemment découvert, imprimé sur le manuscrit autographe, et dont l'authenticité est incontestable, se manifestent clairement le caractère et les opinions de Louis XVIII. On y voit que personne ne connut mieux que ce prince les bases de notre ancienne constitution; que personne n'y eut un attachement, une confiance plus éclairés; que s'il a manifesté des opinions contraires, c'est parce qu'il y fut contraint par d'invincibles nécessités. L'aveu qu'il en fait à l'occasion de son vote pour la double représentation du tiers-état, en 1787, n'est pas la partie la moins curieuse de ce volume. « C'est, dit-il, « une des plus grandes fautes de ma « vie; je me le reproche d'autant plus « que, si mon nom ne se fût pas « trouvé dans la minorité de cette « assemblée (les notables), M. Necker

« n'eût peut-être pas osé la qualifier « d'*imposante*, et qu'ainsi j'emporte- « rai plus qu'un autre au tombeau le « regret des effroyables malheurs qu'a « amenés son rapport, etc. » On trouve dans ce même volume beaucoup de correspondances et de pièces historiques émanées de Louis XVIII, et qui toutes portent l'empreinte de son style et de son caractère.

TABLEAU HISTORIQUE ET PITTORESQUE DE PARIS, depuis les Gaulois jusqu'à nos jours, dédié au roi Louis XVIII, par J.-B. de Saint-Victor, seconde édition, revue, corrigée et augmentée, 8 gros volumes in-8°, sur papier carré fin. Paris, 1832. Prix : 30 fr., brochés.

Le succès de ce livre est assez prouvé par les deux éditions consécutives qui en ont été faites et qui sont entièrement débitées. Le petit nombre d'exemplaires que nous possédons encore, est tout ce qui reste dans le commerce d'un ouvrage si utile et composé principalement pour démentir les erreurs sur les origines de la monarchie française et les faits religieux, propagées dans ces derniers temps par quelques publications fautives et mensongères, notamment celle du conventionnel Dulaure.

RÉPUBLIQUE (de la), ou Traité *de Re Publicâ*, ouvrage inédit de Cicéron, traduit en français par M. Villemain, de l'Académie française, avec le texte latin en regard; des Notes de M. Mai, qui a découvert le manuscrit; un Discours préliminaire, et des Notes du traducteur, 2 vol. in-8°, sur papier fin, avec une belle gravure en frontispice et des *fac simile* du manuscrit *Palimpseste*. Prix : 15 fr.

Ces volumes peuvent compléter les différentes éditions des Œuvres de Cicéron.

ROLAND FURIEUX, poème en 46 chants, par l'Arioste; traduit en vers français par M. le baron de Frénilly, 4 vol. in-8°, papier grand-raisin fin d'Auvergne. Prix : 30 fr., et 35 fr. franc de port par la poste.

Traduit en vers dans presque toutes les langues modernes, l'Arioste l'a été quatre fois dans la nôtre, mais en prose seulement, dans le dix-huitième siècle. Ces traductions, plus ou moins faibles et sans couleur, ne pouvaient donner qu'une idée incomplète d'un poëme si varié dans ses tableaux, si riche dans ses descriptions. Il manquait donc à la France une traduction en vers de ce poëme célèbre. M. de Frénilly a bien connu l'étendue et les difficultés de cette tâche, et il les a surmontées avec autant de bonheur que de talent; depuis plus de trente ans, il s'en occupait, et l'on peut dire que c'est l'ouvrage de sa vie tout entière.

HISTOIRE DE LA GUERRE DE 1813 et 1814, en Allemagne et en France, par M. le lieutenant-général marquis de Londonderry, 2 vol. in-8°. Prix : 12 fr., et 14 fr. par la poste.

Cet ouvrage est sans contredit un des monuments historiques de cette époque les plus importants et les plus authentiques. Il offre une relation militaire et politique de la guerre de 1813 et 1814, par le général Stewart, marquis de Londonderry, qui fut alors commissaire du roi d'Angleterre près les armées confédérées, et qui, par sa position, dut être initié dans tous les plans et les secrets de la coalition contre la France.

Imprimerie de BRUNEAU, rue Croix-des-Petits-Champs, 33.

www.ingramcontent.com/pod-product-compliance
Ingram Content Group UK Ltd.
Pitfield, Milton Keynes, MK11 3LW, UK
UKHW020352220726
13923UKWH00004B/1616

9 782019 296629